老いはヤケクソ

佐藤愛子

リベラル社

「はじめに」に代えて

杉山桃子（佐藤愛子の孫）

佐藤愛子は二〇二四年の十一月に百一歳になった。

「これで終わり」「これを書き終わったら筆を擱《お》く」と言っては、気づくとまた原稿用紙に向かっている。そんな日々も、齢《よわい》百を数えてついに終わりを迎えた。

文章を書くというのは複雑な脳の回路を介する作業である。認知機能の衰えから、原稿を書くという作業は難しくなっていった。書いているうちに何について書いていたのかわからなくなると言って、書き損じが散乱していた書斎の机の上は綺麗《きれい》に片付けられたまま放置されていた。やることもなく、ただぼんやりと安楽椅子に座ってテレビを眺める日々。そんな折に来たインタビューの仕事は、ぼやけたような彼女の生活に活気を齎《もたら》した。

お客が来るとなると、祖母は妙に張り切る。お茶を淹《い》れて、茶菓子はこれを出して、何分後に出す二杯目のお茶はこの紅茶で、今日は三人見えるからレモンは四切れ必要で……といった準備を、来客の三十分前には既に終わらせている。

かつては名家に嫁いだ身だから、その時に姑《しゅうとめ》から教わった来客のもてなしが板についているのかと思っていた。しかし、恐らくは少々意外に感じるかもしれないが、単純に来客が好きなんだろうと思う。帰った後は、やれ、あの客は自分から話題を出してこないからこっちで考えなきゃならないだの、あの客は毎回尻が長くて参るだのと文句を垂れるが、人が来ている間は楽しそうなもんである。お客と話すということは、祖母にとってかけがえのない時間なのだろう。

もっと言えば、彼女は人が好きなのだ。文章を書く、人を観察する、全ては彼女の「人間好き」の部分から来ているように思う。いろんな人間の面白い部分、腹が立っても憎めない部分、悲しいのに滑稽な部分がふっと目に入る。一見矛盾した人間の愛おしさに触れ、それを文章で表現することが祖母の歓びだったのかもしれない。

だからこそ、認知機能の衰えは祖母にとっても辛い思いであっただろうと思う。書きたくても書けない、理解したくても理解できないというのは、作家としての終わりを意味していた。そんな中で来たインタビューの仕事は、祖母の作家魂に輝きを灯《とも》す光だったと想像する。認知症でぼんやりしていた祖母も、インタビューの仕事で人が家に来るとなると、途端にすっきりした顔になって嬉しそうに話をするのである。記憶に関してはかなり曖昧なところがあるが、少しでも思い出して記録に残しておくことは、本人にとっても喜ばしいことのはずである。

本著は佐藤愛子の最後の言葉と言っていいだろう。子どもの頃の、今はない昭和の初めの日本の風景、戦争の無力感、借金の苦労とそれを乗り越えた先の平穏……。祖母にとっては世界の片隅に記しておきたい最後の記憶たちである。これらの記憶を紡《つむ》げる人間はもうかなり少なくなってしまった。百媼《ひゃくおうな》の最後の言葉として、これらの言葉をここに残しておくことは、これからを生きる我々現代人にとっても価値のあることだと私は思っている。

二〇二四年十二月

老いはヤケクソ　目次

第2章

老いはヤケクソ

一〇〇歳インタビュー②

第5章

物書きの境地

一〇〇歳インタビューについて——山田泰生《やすお》（新聞記者）

佐藤愛子さんは一九二三（大正一二）年一一月五日、大阪市生まれ。二〇二三（令和五）年、一〇〇歳を迎えた。

桜が散り果てた令和六年の四月末。佐藤愛子さんにインタビューをするため、東京・世田谷の自宅を訪ねた。玄関脇の前庭には桜の老木が、一〇〇歳になった主人を見守るように根を下ろしていた。一〇〇歳の人と話をする機会なんてそうそう滅多にやってこない。まして、佐藤さんは舌鋒《ぜっぽう》鋭く社会を批評してきた直木賞作家である。一〇年余前に書き下ろした痛快エッセイ『九十歳。何がめでたい』（小学館）は大ベストセラーになった。老いてますます意気軒高なのである。

柔和な笑顔を浮かべて居間に現れた佐藤さんの姿はかくしゃくというよりも、

愛くるしかった。孫娘の桃子さんが通訳よろしく同席し、「おばあちゃん、忘れているんです」と言いながら記憶の糸をたぐりよせてくれた。

はたして、以前のような辛口は健在なのか。「大きな声で、ゆっくりおっしゃってください」「遠慮なく何でも聞いてください」――。穏やかに始まったインタビューは、紅茶をすすりながら二時間あまりに及んだ。受け答えは実にしっかりしており、会話は弾んだ。とても一〇〇歳の人を相手にしているとは思えなかった。

続編のエッセイ『九十八歳。戦いやまず日は暮れず』(小学館)の最後で「断筆宣言」(「二〇二一年　庭の桜散り敷く日」)をするも、百寿を迎えた年の秋、『思い出の屑籠《くずかご》』(中央公論新社)で幼少期の思い出をつづった。そして炎暑の夏、松竹が佐藤さんの人生を映画化した。周囲はいまだに放っておかないのである。

「百嫗《ひゃくおうな》」。佐藤さんはリベラル社の近著で自分の肩書をこう記した。むろん、妖怪の名前ではないし、本のタイトルでもない。真意は、一〇〇歳の高齢女性という意味らしい。年を取ることは、もはや「ヤケクソ」なのだそうだ。

以下、第1章から第3章までが、一〇〇歳インタビューのやりとりを佐藤さんの問わず語りふうにまとめたものであり、『オール讀物』（文藝春秋）と「ダイヤモンドオンライン」（ダイヤモンド社）のインタビュー記事からも佐藤さんの発言部分を転載し、再構成させていただいた。

第4章は佐藤さんが愛した家族や師、相棒たちのエッセイ、第5章は物書きを志した当時の心境や話題となった作品、受賞の際の手記などをまとめている。

この十一月、佐藤さんはまた一つ年を重ねて一〇一歳になった。『老いはヤケクソ』。桜は散っても散っても咲くのである。

第1章

「百嫗《ひゃくおうな》」の心境

一〇〇歳インタビュー①

離れ小島で暮らしている

ゴールデンウィークが近づいてもまだ寒いですね。一瞬あったかくなったと思っても、また寒くなる。庭の桜がもう終わって、いまは藤の季節です。もうほんとうに耳が遠くなっておりますんでね。もう一人前の人間じゃなくて、インタビューされても何を話していいのかわからないんですよ、自分は。大きな声でゆっくりお願いします。遠慮なくお聞きになってください。

最近出版された『思い出の屑籠《くずかご》』（中央公論新社）が売れている？　孫から聞いたかもしれませんが、そういう情報が全然入らないんです。すぐ忘れるんです。五万部くらい売れたんですか？　もう離れ小島で暮らしているような感じでしてね。世間からは隔絶されていますよ。

何年か前に中央公論新社の方から、昔のことを思い出して、懐かしんでいる文章を書いてみるのはいかがですかと言われて、思い出すままに幼少期のことを書きました。書いているうちにたまってきて、『婦人公論』に不定期で連載することになったんです。ようやくまとまって一冊の本になりました。

書いてもう二、三年になるんだったかしら。一〇〇歳にもなると、いろんなことを片っ端から忘れていきますんでね。

この本には「アイちゃん」と呼ばれていた幼少期や乳母のこと、小学生時代、家族のことなどを書いています。大正から昭和の初めまで。ただ、一〇〇年近く前の話だから、若い人にはわからないことも多いだろうと思いますが、私にとっては一番幸せで懐かしい時代でした。

世間に文句をいう資格がなくなった

一〇〇歳を過ぎるあたりから、体力がだんだん衰えてまいりましたんでね。そうすると、いろんなことに対する意見もなくなってくる。

体力がなくなると、違ってくるんですよ。若いときみたいに、一つのことについて真っしぐらに喋《しゃべ》るっていう勢いがなくなってきましてね。この前いったことと違うじゃないかっていわれる。そういわれても、そうだったかなと思うだけで。前は体力があったからなんでもなかったようなことが、いまは堪えられなくなっている。考えてみれば、自分はもうヨレヨレになって、昔のように世間に対する文句をいう資格がなくなっているんだと、沈黙するしかないんですよ。

いまはね、孫みたいに通訳する者が間にいませんと会話にならないんですよ。そういえば、ずいぶん昔、名古屋にきんさん、ぎんさんという一〇〇歳の双子姉妹がいらしたわね。覚えていますよ。あのころは珍しかったけど、いまは一〇〇歳の人なんて珍しくないでしょう。こうやって受け答えがきちんとできる一〇〇歳の人はあんまりいないかもしれませんが。

年を取れば取るほど、友だちがどんどんいなくなっていく。親や兄弟がいなくなるのは、年の順だから、先に死なれても仕方がないと思う。だけど、学校の同い年の友だちがね、仲よく青春時代を悪で通した相棒たちがきれいにいなくなる。これはね、なんともいえない寂しさがあるんですよ。経験しないとわからないと思います。親しい同級生はみんないなくなりました。私は関西の出身ですから、東京に来てからは女学校時代の友人とはつきあいがあまりないんです。東京にいる同級生はほとんどいなくなりました。

「百媼《ひゃくおうな》」という言葉は特権

リベラル社から出ている私の本の帯は「もうすぐ一〇〇歳」とか「祝一〇〇歳」と変えてるんですね。九九歳と一〇〇歳では全然違う。体力も衰えるし、頭ももうすっかり悪くなりました。記憶力がなくなった。これは大きいですね。

つまり、どんどんボケていってるんですよ。日常の細かいことがありますでしょ。眼鏡をどこに置いたかとか、今日は手伝いの人は来るのかとかすぐ忘れます。今日のインタビューのように、誰か人が来て話をしていると頭が活性化するんですよ。人と喋るのは好きですね。

「一〇〇歳になって、周囲の人たちは放っておかないでしょう」と言われることもありますが、もうそろそろ忘れられていますよ。

リベラル社の本では、肩書に「百嫗《ひゃくおうな》」という言葉を使いました。『新装版　女の背ぼね』が最初かしら。その後、『新装版　そもそもこの世を生きるとは』と『増補新装版　老い力』の三冊のまえがきに使いましたね。

ただ一〇〇歳になったということだけど、「嫗」（年老いた女性の意）という漢字を使って「百嫗」とすると、感じが強まりますでしょ。文字面に迫力があります。やっぱり大正生まれの人間となるとそういうことになりますね。

この肩書を使うことはそうありませんよ。一〇〇年生きた人へ与えられる特権ですかね。

断筆宣言後に書いた『九十歳。何がめでたい』

　これまで、何度も断筆宣言をしてきました。そのときはもうダメだ、もう書けないと思うんですよ。でも、結局書きたくなってしまう。衝動なんですよ。無責任に書いていますから。

『九十歳。何がめでたい』は、『女性セブン』の連載ですね。書いたのは何年も前のことだから、覚えていません。

　断筆宣言をしたのに、小学館の編集者の橘高《きったか》真也さんが断っても断ってもやってきて。断筆したっていくら言っても、本気にしないんですよ。もう書けないって言っても、のらりくらりとかわされる。のんびりしてそうに見えて頑固なんです。橘高さんにつられて書いちゃったみたいなところがあったと思いますね。

映画は創作のストーリー

映画『九十歳。何がめでたい』は、橋高さんがＤＶＤを持ってきてくれて冒頭三〇分だけ見ましたけど、あんまり覚えてません。

ある日監督やら美術さんやらゾロゾロ来てね。何もしなくていいと言うから、私は座ってテレビを見ていて。みんな知らん顔でずっと家のいろんなところを測っていましたね。そのお陰で家の風景はそっくりそのまま映画に再現されています。でも、ストーリーは完全に創作だわね。明日から映画が公開らしいけど、それにしても、耳が聞こえなくなると、現実感が遠のきますね。補聴器をつけてもよく聞こえないんですよ。

唐沢寿明さんが私の作品に出てくださるのは、二回目です。映画『九十歳。何がめでたい』では、小学館の橋高さんの役をやって。その前は、『血脈』が原作のＮＨＫの連続ドラマ『ハチロー～母の詩、父の詩～』で、兄のサトウハチローの役をやってくださってね。これも、縁ですね。

『まだ生きている』に書きましたね。「佐藤魂のカケラも持ち合わせのない真面目男（多分）が、その魂に迫ろうと奮闘している様に胸を打たれずにいられなかった。一生懸命の大熱演だった」と。

『戦いすんで日が暮れて』も映画になりました。映画の撮影を見にいったら、私の役を演じた岡田茉莉子《おかだまりこ》さんが、夫がつくった多額の借金で金策に奮闘している場面なのに、仕立てのいい上等な着物を着て出てくるのね。それはおかしいじゃないかって抗議したの。だけど、最後まで聞き入れられなかったわね。本当はもっと貧乏で一文なしだったから、着るものどころじゃなかったんです。岡田さんは「だって佐藤先生が綺麗なお着物を着ているのを写真で見たんですもの」って言ってたんだけど、それは私の母親が女優をしていたものだから、母の着物があって、それを長いこと着回していただけのことなんですよ。それは所詮《しょせん》、着古しですからね。

岡田さんもそうだけど、昔の女優さんっていうのは、自分を見目良く見せたがったのよね。史実や作品とは別に。女優の地位も高かったから、監督もプロデューサーも何もいえなかった。そういう時代だったんですよ。

いまの映画は、ちょっとはマシになったんじゃないですか。史実を再現しようと監督も女優もスタッフも同じ方向を向いている。でも、映画もドラマも脚本次第ですね。脚本がまずければ、いい作品にはならないですよ。

一〇〇歳になってからは書いていない

今年になってから、紙に向かって書いていません。一昨年の秋に帯状疱疹《たいじょうほうしん》を患《わずら》って、それ以来ダメになりました。

さっき書き下ろしの本の話がありましたけども、『思い出の屑籠《くずかご》』は、帯状疱疹になってからは書いていなかったと思います。そのころの『婦人公論』の連載がまとまって『思い出の屑籠』になった。

その連載は帯状疱疹の前か治った後か、そこの記憶はちょっとあいまいですけど、今年に入ってからはもう何も書いていない。

小学館のエッセイを基にした映画『九十歳。何がめでたい』の上映もあり、この間、『九十八歳。戦いやまず日は暮れず』の文庫本の「あとがき」が加筆修正されましたけど、橋高さんが私にインタビューして加筆したものを修正したくらいで、もう今年になってからは、文章らしい文章は書いてないです。書く能力がなくなって気が入らないですよ。書いているそばからわかんなくなっちゃうんですね。

もし、書く力があったら何を書くかと聞かれても、書く力がなくなったから、書きたいものが出てこないんですよ。書きたいけれども、力がないっていうんじゃない。いやぁ、どっちが先かしら。書きたいことがなくなるから書かないのか、書く力がないから書きたくならないのか。結局、頭が動かなくなる。それは寂しいもんですよ。でも、私の父なんかはね、七六、七歳まで、もう毎日のように手紙を書いてました。原稿の注文がないですから。それで毎日机に向かって手紙を書いていましたね。私はね、作品でないと書くのは嫌ですね。手紙は書く相手がいないし。もうみんな死んじゃってますから。

庭の桜も立派なおばあさんになりまして

うちの庭では、季節の花々が咲きます。今年の桜は終わったばかり。ソメイヨシノです。感慨？　別にどうってことないです。ここで五〇年以上見てきているわけですから。ああ、今年も咲いたかと。それだけのことです。

ただ、この桜の幹が三つに分かれちゃったんですよ。元はすごい大木だった。だから、どれが大元の幹なのかわからない。ほんとに綺麗な桜だった。この家に昭和三〇年に来たときは、もうちょっと弱々しい桜でした。いまや完全な、立派なおばあさんになりましたね。

この桜は満開になるとすばらしいんですけど、今年は元気がなかったですね。猛暑が関係しているんでしょうかね。だんだん元気がなくなってます。桜もおばあさんになってきたんですかね。

私もこの桜も似たようなもんですね。

この家を買ったときに、この桜は大木としてすでにここにあった。で、前の家の人がここに大きなガレージを作っていたんで、この桜はガレージの向こう側にあったんですよ。だから普段はあんまり我々の目につかなくて。家を建て替えてから姿を現しました。

昔、このあたりは軍人村でね、将校たちがお正月だとか、おめでたいことがあると馬に乗って、坂道をぱっかぱっかと降りたり上がったりしてね。この辺は桜の山だったんですよ。いまはなくなりましたけど、昔は四〇〇坪とか、六〇〇坪とか、広い一軒家がいくつもあってね、どこの家の庭も桜が見事に咲いていましたね。

うちも最初は四〇〇坪あったけれど、貧乏になって切り売りしていって、いまはこれだけになってしまいました。二〇〇坪あるかないか。昔はお隣の二階建ての家まで、うちの庭だったんです。

桜が散って、いまはツツジの季節。花には、それほど意味は持たせてないです。ああ咲いたなとか、散ったとか、その程度。花はさりげなく咲いたりしているところがいいと思いますね。桜は華やかに咲きますからね。桜は華やかに咲いたかと思ったら瞬く間に散ってゆく、そういった姿が日本人の心を掴《つか》むんでしょうね。桜は散り際よりも、静かに力いっぱい咲ききった盛りの姿に哀れがあります。

敗戦の日々を農村で暮らしていたころ、家の勝手口に一本の桜の木がありました。ある日の午後、急に雲が垂れこめて、突然遠雷がとどろきました。稲妻の黄色が消えた後、ふと見ると、桜が静かに盛りの花を咲かせていたのです。暗い灰色の空を背景に、桜のピンクが息をのむほど鮮やかでした。桜は一本、曇天《どんてん》に一人で見るにかぎると思いました。

四〇代から整体のおかげで医者いらず

近頃は「人生一〇〇年時代」なんて言うようになりましたけど、特別何も思いません。みんなが当たり前のように長生きするようになってきました。

私もとくに長命を授かったとは思っていないんですよ。だんだん寿命が延びて、医学が発達して自然にそうなった。長生きは厄介だなと思っています。もうちょっと早く死んだほうがいいんですよ。私たちが若いころなんて、親は六〇代から七〇代で死んでいった。いまの七〇代なんてぴんぴんしているじゃないですか。私も七〇代は、年を取ったなんて思ってなかったです。

大体が医者嫌いだから、病院なんて行ったことなかったですね。九〇代までは医者にはかからなかった。それほど丈夫だったっていうわけじゃなくて、お医者さんに行く時間がないくらい忙しかったんです。

でも、整体だけはずっと行っていますね。「野口整体」の先生にはずっと診てもらっています。私は、創始者の野口晴哉《はるちか》先生にも直接操法していただいていたんです。だからか割と丈夫で、過酷な仕事をこなしてこられたっていうのは、野口先生の整体のおかげだと思っています。

いまも週に一回、駒沢の野口整体の先生のところに通っています。毎月『月刊全生』という冊子も送られてきますよ。一週間に一度は整体していただくということは、体が凝っているからとか、つらいからとかで行くのじゃない。毎週欠かさないメンテナンスなんですね。それは何十年となく続いています。四〇代ぐらいからですかね。

最初は野口先生で、次はその一番弟子の臼井栄子《うすいえいこ》先生にかかっていました。臼井先生がお亡くなりになったあとは、臼井先生の妹弟子である天谷保子《あまややすこ》先生にお世話になりまして、いまは天谷先生の孫の野瀬宏介《のせこうすけ》先生にかかっています。

しかし、野口先生の治療場は忘れられませんねえ。大きな邸宅で、二階が広い回り廊下になっているんですよ。それが待合室なんです。座布団も何もなくて、板の間にみんなずらっとコの字型に座ってる。もう、いつになったら順番が来るかわからないぐらい詰め詰めでね。

それで、野口さんくらいの名手になると、疲れると頭が鈍って、思ったように整体ができないからっていってね、途中で囲碁とか将棋とか始めるんですよ。私たちはその間も座布団もない板張りの床に座って待ってなきゃいけない。

冬場なんて寒いのなんのって。それが野口先生直々の治療でした。野口先生が亡くなった後は、一番弟子だった臼井栄子先生にずっと診てもらった。臼井先生の待合室はソファでしたね。

だから私は四〇代から医者にかかってないんです。具合の悪いのは全部整体で治してしまう。弟子の臼井栄子先生もほんとうにすごい方だった。整体は、体の悪いところに手を当てるだけで、気の流れとか、骨が歪んでいるのがわかる。たとえば、腰椎《ようつい》の何番目は消化器とつながっているから、そこを整えれば胃腸の不調も治るとか、そういう理屈です。

それにしても、野口先生の廊下の待合はほんとうに修行でしたね。座布団なしの冷たい廊下で、いつくるかわからない順番を待ち続けるわけですから。だけどね、ほんとうに私の肩は一発で治ったんですよ。一日中、文章を書いていますから、肩が凝って仕方がなくてね。もう帰りがけは体がスカッとします。

外出することなんて滅多になくなりましたが、整体だけは欠かさず行きます。

祝・百歳　新春談話「しつこく生きている」

十一月で百歳になりました。当人にしてみれば、まだ死なずに生きているだけでね。なんにもめでたいことはありません。

『オール讀物』で『晩鐘』を書き終えたのがちょうど九十歳のとき。『晩鐘』を出してホッとしたのか、気らくに『女性セブン』のエッセイ連載を引き受けて、言いたい放題、書きたい放題、鼻歌をうたうように書いていたら、思いがけず『九十歳。何がめでたい』が売れたんですね。「小説も同じくらい売れてくれたら」と、悔しく思ったこともありました。

あれから十年。この年になると「言いたいことはもはやなし」。エッセイを書く気力もなくなって、燃えつきた「消し炭」みたいな毎日です。

最近は何だか人のものを読んでも面白く思えなくて、そもそも世間のことに関心がなくなるのね。自分のことだってどうでもよくなって、ああ、これが年を取るってことか、と、百歳になってようやくわかってきた。

朝起きて、顔を洗って、居間にいくと新聞が二紙おいてあるのでそれを読む。トーストとサラダを食べると、あとは日がな、椅子に座ってボンヤリ庭を眺めているだけ。犬でもいれば気が紛れるんでしょうけど、愛犬のほうが先に逝ってしまいましたからね。夕食後、ベッドに入って、週刊誌に目を通しているうちに気がついたら寝ている。

週刊誌だって送ってくれるから読んでいるだけでね。ちゃんとした作家は難しい古典を読むんでしょうけど、そんなものには興味も関心も失いました。

生来が面倒くさがりなんですよ。杖がないと外を歩けないので、めったに買い物にも出なくなりました。ましてや病院なんて大っ嫌いだから、昨年、帯状疱疹《たいじょうほうしん》にかかったときも〝ふて寝〟して治したくらいでね。百年生きてきて病院に入ったのはお産のときに少しだけ。入院なんてしたら、看護師さんと大げんかするのは目に見えていますから。

この年になると、転び方ひとつとっても年季が入っているんでしょうね、家で転んでしばらく倒れていたときも、自力で這って立ちあがりましたよ。

元夫の借金を背負ったときからひとりで生きてきて、「誰にも頼れない」って気持ちが意識の底に染みついているんでしょうね。それが元気の秘訣といえば秘訣かもしれない。

『婦人公論』の連載をまとめて、『思い出の屑籠《くずかご》』という本を出しました。正真正銘、私の最後の本です。古い読者からお手紙をもらって、「昔のことをよく覚えていますね」なんていわれると、やっぱりうれしいものです。「書き足りなかった」「あれを書いておけばよかった」と思うこともあるけれど、絞りきったダシ殻の身体からは書く気力が湧いてこない。原稿用紙はほこりをかぶったままです。

いまは手紙なんてジイサンバアサンしか書かないけれど、昔の子どもはよくお便りを書きました。

父の佐藤紅緑が『少年倶楽部』に書いてた時分は、人の背丈くらいのファンレターが毎月、家に押し寄せたものです。いまも覚えているのは、夏に来たハガキに、「佐藤先生、暑いからといって氷水を飲み過ぎてお腹をこわさないでください」と書いてあるのね。父は感激家なものだから、それを見てワンワン泣くんですよ。

その紅緑が、やはり書くのをやめたあと、

刀折れ矢尽きて案山子《かかし》納屋に入る

こんな俳句を残しています。

この文章だって、読んだ方は「佐藤のやつまだ生きていたか。しつこいやつだな」と思うでしょうね。

それはこっちも同じでね、自分でも「まだ生きている、しつこいなあ」って気持ちなんですよ。


（文藝春秋『オール讀物』二〇二四年一月号より）

第2章

老いはヤケクソ

一〇〇歳インタビュー②

真面目に老いてたらやりきれない

「老い」について書いたエッセイが多いとよくいわれます。これはただ注文が来るから書いているわけで、別に書きたいと思って書いているテーマじゃないんです。そうじゃなきゃ、こんなに何冊も書けないですよ。

七〇代ぐらいのころは、世間に対して何か発信してくださいとか、怒ってくださいとか、そういうリクエストも多かった。けれども、いまはみんなが私をボケばあさんだと思ってくれているから、厄介《やっかい》な質問が来なくなってずいぶん楽になりました。「そんなこと、どうだっていいじゃないか」っていうようなことを質問されることが多かったんですよ。それがこのごろなくなりましたね。

私が「老い」の評論家の第一人者？　老いの何を論評するんですか。ヤケクソみたいなことをいうしかないんですよ。みんなヤケクソで、老いていっているんですよね。真面目に老いていたらやりきれないですよ、情けなくて。

「男の評論家」といわれたこともありましたけど、一〇〇歳になった婆さんにそんなことを聞くほうが無理ですよ。そんなこと考えたこともないんだから。まだ、男についてなんかいおうという気になるときは、こっちにも色気が残っているときですよ。ただ、男の年寄りが電車の中で喧嘩したりしているのを見るとね、醜悪《しゅうあく》だなあと思いますね、年を取るということが。やっぱり年を取った男っていうのは、きちんと端《たん》然《ぜん》としていてほしいですね。

かといって、女のほうはどうでしょうね。あんまり上品な、キリッとした老女っていうのは見かけませんね。端然としている人はやりすぎという感じがあるし。

もうヤケクソですね、いまの心境を問われれば。みんなヤケクソで年を取っていくんじゃないですか。ヤケクソになったら楽だからですよ。

ヤケクソって何かって。文字通り、焼けた糞《くそ》。なるようになれって意味合いの。

やっぱり、戦争で空襲なんていう体験があったわけですよね。何も悪いことをしていないのに、頭から焼夷弾《しょういだん》が落ちてきて逃げ惑うわけでしょう。それはもう、ヤケクソ以外に対処する方法はないんですよ。そういう時代を生きてきたわけですよ、われわれは。

何かあるとすぐ「頑張れ」っていう時期がありましたけど、ヤケクソは「頑張る」っていうのではないんですよね。頑張るっていうのは、言い換えると「耐える」っていうことなんです。戦争の時代はそうですよ。

食事はそこら辺にあるものでいい

一〇〇歳にもなると、健康の秘訣はなんですかと聞かれることもありますが、そんなものは意識していません。私はとにかく面倒くさがりなんですよ。食事なんてのはそこら辺にあるもので構わない。戦争の時代はそうでなければ生きられなかった。いい加減なものを食べて生きてきました。

もう最近はあんまり食欲がありません。そもそも、一〇〇歳になってもりもり食べるなんてことはないでしょう。

ああ、言われてみれば、お肉は好きですね。とくに牛肉が好きっていうことでもなくて、お魚は白身がいいとか、その程度です。何が好きっていうのもないんですよ、もう。だから、何が体にいいとか、そういうのは気にしません。

一時ね、何を食べると体にいいって健康ブームがありましたけど、あんな面倒くさいことは気にしたことないですね。

毎日同じご飯でもかまわないみたいなところはあります。やっぱり戦争中に鍛えられましたからね。食べるものにいろいろ注文をつけられる時代じゃなかったですから。

朝食は娘や孫が用意してくれます。だいたいいつも朝起きて新聞を読んでいると、食事を持ってきてくれるという感じです。孫はいつも、必ずオムレツと、ツナマヨのサンドイッチ、あと豆のスープを出すと決まっている。毎朝決まって同じです。きょうはこれを食べたいとか、あれを食べたいとか、こだわりが全然ないんです。毎日同じご飯でもかまわないんですよ。

本の中では、お昼には毎日のようにうどんを食べていますね。面倒くさいんです。そのころは忙しくてね。とにかく私の四〇代、五〇代、六〇代っていうのは、何を食べるとか、何かを食べたいというふうに思う暇がないくらい仕事が忙しくて。次から次へ書かなきゃならない日常だったもんですから。

家政婦さんが「はい、お昼は何にしますか」って聞きに来るでしょ。それを考えるよりも、私は今書いてる原稿の仕事のほうが大事だから「うどん」って言っちゃうんですよ。他に考える時間がもったいないですから。うどんぐらいならさっとできるでしょう。家政婦さんの料理の腕を見込んでいると、お昼はうどんとかラーメンとか麺類になってしまう。いまは食欲が落ちて、食事は朝昼兼帯になりましたね。

新聞は読んだ気になっているだけ

何時に起きなきゃいけないっていうのもないのでね。それでもやっぱり決まった時間に目が覚めてしまいますね。時々寝坊すると孫に起こされたりします。

朝は新聞から始まります。いまは『朝日新聞』と『産経新聞』をとっています。朝起きてリビングに行くと、テーブルに二紙がぽんと置いてある。娘か孫か、新聞だけは取りに行ってくれてるみたいです。

もう頭も相当悪くなってますからね。新聞だって、どんな読み方をしているかわかんないですよ。読んでいる当人が読んだ気になっているだけのことかもしれません。文章を目で追って、端まできたらめくる。それの繰り返しです。

そう丁寧に読むわけじゃないけど、見出しから見ます。なんだか新聞もつまんなくなりましたね。新聞が悪いんじゃなくて、世の中がつまんなくなっているんでしょうね。いろんなニュースが面白くないのか、私の記憶力の問題なのかはわかりませんけど。些細《ささい》なことはみんな忘れちゃうんですよ。最近気になった記事ですか？　読者の人生相談のようなコラムには目が留まりますかね。

本は読まなくなりました。家に『女性セブン』とか『週刊文春』が届くので、それだけは見ています。もう目が悪くなっている。小さい活字とか、印刷の具合とかで、読んでるとすぐ疲れてしまう。（大活字本を指して）こういうふうに大きな文字で本を出してくれると、まあまあ読める。読者の対象年齢を考えたら、大きくて太い字がいいですね。

最近は新聞も売れてないみたいですけど、私は新聞がなかったらもう気の抜けたような生活です。インターネットなんていうのは全然わからないです。ほんとうにもう違う時代に生きているという感じですよ。

携帯電話は切ってしまって放置状態

携帯電話は一応持ってます。娘が勝手に買ってきたものだから、私は使い方もわかりません。放ったらかしにしていて、時々何か知りませんけど勝手に鳴り出すんです。それでなんか鳴っているな、そういえばそんなもん持ってたな、と思い出すという具合です。

（応接間の電話を指さし）これ？　四〇年くらい前の電話です。まだ使えますよ。ダイヤル式の電話機なんていまの若い人は使い方がわからないんじゃないですか。

携帯電話は使わないですね。電話をかけるときは、いまだに紙の電話帳で電話番号を探しています。機械っていうのはもう一切ね、ダメなんです。若い人から見たらアホなばあさんだと思うでしょうね。

テレビはつけっぱなしでただ見ているだけ

テレビはつけっぱなしです。

とくに決まった番組を見るとかそういうのはなくて、ただつけっぱなしになってます。見ている尻から、いま見たことが頭から消えていくんですよ。頭に残るような番組がないのは、番組が悪いんじゃなくて、私の頭が悪くて引っかからないだけの話です。昔のように、いろいろ事件が起きているんでしょうけど、それが引っかからないのね。

政治の「裏金」のニュース？　たぶん聞いていると思うけど、いま初めて聞いたようにも思う。よく国会の中継は見ています。いまさっきまで国会中継を見ていましたけども、ただぼんやり見ているだけで、頭には入ってないです。

ただ政治家の人がね、中継で頭を上から映した場合に髪が薄くなってるでしょ。ハゲにもそれぞれの個性があるんです。それを見ているのは楽しいですね。

一度だけ救急車のお世話になった

最近の年寄りはすぐ病院に行きたがりますけど、昔は病院なんてそう簡単に行かなかった。お金がかかりますからね。いまはお金があるし、病院に行けば医者や看護婦が構ってくれますからね。それに、うちで看病するほうだって病院に行ってってくれたほうが楽ですからね。看病は本気でするると大変ですよ。

救急車には一度だけ乗りました。ずいぶん前に、北海道のホテルで倒れたんです。食事をし、トイレに立ったときにめまいがして、そのまま仰向けにダーンとひっくり返りました。田舎のホテルなんて床が硬いでしょう。そこに頭を打ったんです。すごい音がしたんで、それでホテルの人が気付いて来てくれましたけどね。

病気で苦しむ人もいれば、貧乏で苦しむ人もいます。だけど、貧乏の苦しみは、それほど大した苦しみじゃないですよ。お金はないなら生み出せば良い。プライドを捨てれば、お金は簡単に稼げるんです。それが皆できないのね。

戦地へ「おめでとう」と送り出した

私たちの青春時代は男尊女卑の時代でした。何しろ戦時中は男のほうが偉くて、しかも命がけで国を守ってましたから。だから、命を捨ててわれわれを守ってくれたっていうその事実の前には、文句のいいようがない。

二〇歳前後の若い青年たちは、どんどん戦地へ連れていかれるわけですよ。それを私たちは旗を振って「おめでとう」といって送るわけね。初めのうちは、ものすごくそれがつらくて、胸が閊《つか》えたんだけど、だんだん慣れてくるんです。そういうことが普通のことになっちゃうっていうのは、すごい世の中ですね。戦地に行って、これから死ぬ人に向かって、ニコニコして「頑張って」とかって言うわけですからね。

親でもなんでも、息子が戦地に行ったらめでたいわけがないけれども、みんな「おめでとうございます」っていってましたからね。あのへんで人間がおかしくなったような気がする。

戦争の記憶もどんどん風化していますね。戦争を経験した人は、もう二度と思い出したくないでしょう。戦争を経験してない人はわかんないでしょうね。

父の死が家庭を捨てる決心をさせた

佐藤家では私が一番の長命です、いまのところ。父（紅緑《こうろく》）が七五歳、詩人だった兄のハチローは七〇歳で亡くなりました。

小説家だった父が亡くなったのは私が二五歳のとき。

父は七〇歳を過ぎて、あっちが痛いこっちが苦しいといって次第に弱っていき、寝たり起きたりしていたのが、やがて床に就いたままになりました。

東京の世田谷に住んでいたんですけど、アイスクリームを食べたいと言い出しましてね。父は別にアイスクリームが好きだったわけではないんですが、そういう気になったのでしょうね。熱があると冷たいものが食べたくなるものです。

当時はアイスクリームがどこでも売っているような時代ではありませんでした。銀座まで行かなきゃアイスクリームなんて買えなかったですよ。魔法瓶を持って地下鉄に乗って行くんです。

いまから思うと大変ですけど、当時はそれほど大変とも思いませんでしたね。あのころは、どこに出かけても遠くて大変なのが普通でしたから。

その父の死が、私に家庭を捨てる決心をさせました。かつて手紙に嫁ぎ先の愚痴《ぐち》や姑の悪口を書いたのを父が面白がって、あの子には文才があるなあ、と母にもらしたというので、もの書きで食っていく覚悟が決まったんですね。

父が亡くなったとき、ハチローは文京区弥生町の赤門（東京大学）の近くに住んでいたんですよ。で、私と母は世田谷区の真中《まなか》というところにおりましてね。それで、父のお墓をどこにするかっていう話になって。赤門の近くに喜福寺《きふくじ》という古い曹洞《そうとう》宗《しゅう》のお寺があって、そこをどなたかが紹介してくださって、そこでお葬式をすることになった。私たちの家からは遠いんですよね。

なぜ母が赤門前のお寺に固執したのかというと、ハチローの家から近いんですよ。

「そこだったら、八っちゃんでもお墓参りに行くだろう」と。

だから、われわれこそいい迷惑なんですよ。そんな遠い所に作ったって、ハチローは一度も墓参りに行かないんですから。

占い師から「結婚生活は破綻する」といわれていた

私は離婚を二回体験しました。一人目の夫はモルヒネ中毒で、二人目の夫は莫大な借金をつくったため、その借金を私が肩代わりして大変でした。

子どもの頃に占い師に見てもらったことがあって、「結婚生活は破綻する」っていわれているんですよ。二、三人の占い師が、「この子は結婚生活はダメ」って。我慢しない私のわがままな性格のせいもあるけど、もうそういう星に生まれてるのね。

私が結婚に向かないことは、母をはじめ私を知るほとんどの人がわかっていたことだと思います。私自身もそう思っていましたけど、そうするよりしょうがなかった。女は結婚しなきゃ生きていけない時代でしたから。

最初の夫は医者の息子でした。長野県伊那町（現・伊那市）の田舎の町医者だったんです。戦争が終わって帰ってきたら、夫は腸疾患がもとで軍隊でモルヒネ中毒になっていた。

なんせ家は医者だから、戸棚の中にいくらでもモルヒネがあるわけですよ。それで看護婦も医者の息子に「出せ」っていわれたら出さないわけにはいかないから出すでしょ。お義父さんは夜遅くなんか起きてきませんからね。

私はまだ二一歳か二二歳のころで、モルヒネ中毒がそんなに恐ろしいもんだって知らないですよ。夜になると痛みはじめて、それで看護婦を起こして「お義父さんにいおう」っていったのね。でも夫は「親父は患者相手に苦しんで、人助けに一生懸命になっているのに、息子のために起こすのは気の毒だ」とかいって。だから、気の毒さのために自分が我慢できる程度の痛みだと思ったんですよ、こっちは。

そうしたら、ある日、お義母さんが古いタンスで探し物をしていて、カステラの空き箱があって、そこに、モルヒネを使った後の空っぽの瓶がぎっしり入っていた。それで、「愛子さん、愛子さん、あんたは知らんかもしれないけど、これは中毒になったら大変な薬なんだ」っていうことになって。それからが大騒ぎですよ。

それでも義理の親たちは、治るって思っていたのよね。いま思えば、そう信じたかったのかもしれませんね。

最初の夫はモルヒネ中毒で死んだ

私の親は「モルヒネっていうのは、いったん中毒になったら絶対に治らない」っていった。どこやらの奥さんもそうだし、どこやらの息子もそうだとかいってね。それで心配してお義父さんにいうでしょ。だから、中途半端な知識があるっていうのは一番困るなと思った。

でも、お義父さんは自分がお医者だもん。よく注意してれば大丈夫と。でも、いくら注意してもね、患者にモルヒネを使わなきゃいけないでしょ。だから家の薬の戸棚からなくすわけにいかないでしょ。毎日そんなことが重なって、私は怒るしね。怒ったってしょうがないわけです。お義母さんは「息子は麻薬なんかやっていないのに、嫁はやってる、やってる」というって怒るわけですよね。

夫はものにこだわらない闊達《かったつ》な人でしたが、なにごとも自分の思うままに行為することを当たり前に思っているようなところがありましたね。義父母と揉《も》めているうちに、夫はだんだん中毒の深みに入って、結局死んだんです。止められないですね。なにをやっても止められないときは、止められない。

しかし、「田舎もん」といっては悪いけど、お義父さんは町では「先生」で尊敬されているお医者ですよね。町で一番のインテリみたいな感じでしょ。それで威張っているわけですよね。それがね、用心しないんですよ。モルヒネをそこらへんの棚に入れておくから。

それで、私がいうでしょ。「モルヒネをあそこに入れておいたらいけない」って。そしたらあの嫁は、何かっていうと、悪いほう、悪いほうへ物事を取るっていうことになるしね。でも、暴れるわけにいかないしね。田舎っていうのは、そういうところがあるのよね。「田舎もん」というとおりですよ。まさかと思うのかな。もう客観的に考えるってことをしないんですよ。それで、つまり自分が思いたくないことは考えないで、中毒患者の手の届くところに薬を置くわけですからね。

夫は入退院を繰り返しました。人間の愚かさというか、馬鹿につける薬はないっていうことを、つくづく最初の結婚で思い知ったんです。

父の死を契機に、私は夫のもとを去りました。敗戦後のみじめな年月は、私が自分の意志と力で戦い始めた第一歩でした。その意味において、私のほんとうの人生はそこから始まったといえるでしょう。

第3章

「我慢しない」が信条

一〇〇歳インタビュー③

自然体で生きるのは楽

気がつけば一〇〇歳になっていた。そこには戦争があったり、離婚をしたり、借金を背負ったりね、人から見ればほんとうに苦労の連続だと思われるかもしれないんですけど。それを笑い飛ばして、明るく楽観的に生きてきたって、いろんなところに書いてきた。二度の結婚の不幸が私を鍛えてくれた。だから結婚を後悔したことはないの。

四〇代の女性にも響いてるって？　私の文章を読んでね、それが役に立つなんてことはないんですよ。読者が役に立った気がするだけで。うーん、なるほどね、そういう意見もあるわねっていって、それで知識が増えていけばいいんでしょうね。その通りにならなくたって別にね。だいたい私ね、知識っていうのはあんまりね、自分に知識がないもんだからね、こだわらないんですよ。

子どものときから勉強嫌いだったし、これはもういまさら自分が死ぬまで治らないしね、怠け者は。

他の作家の方を見ると勤勉ですよ。本をたくさん読んでね。やっぱり勤勉でなきゃ人間は一流にはなれないんだなと思いますね。

もう本は読まないです。新聞だけですね、熱心に読むのは。新聞はやっぱり実際にあったことだから、面白いですよ。

でも、もう目が悪くなっている。もうほんとうね、年を取るとね、目は見えないし、耳は聞こえないから、音楽も聞けないですよ。それで、クラシックなんか聞けないし。いまの週刊誌なんかは、細かい字なので、このごろは読めないです。雑誌の印刷は薄いですよ。

ばあさんになると、あっちこっちに気がいっていたのが、どうでもよくなる。年を取ると、甘えても許されるっていう境地なんですよ。

ありのままを人に見せることができるのは楽ですよ。相手もありのままに話してくだされば、私もありのままで対すればいい。昔の自分と比べたところで、これがいまの私だからしょうがない、許してくださいと。年寄りっていうのは、だいたいそういうふうに、許してもらうよりしょうがないわと、どこかで思っていますよ。どう思われてもかまわないって。自然体で生きるっていうのは楽ですよ。

もう家の外に出かけていません。電車に乗るとか、バスに乗るとかっていうのはしたことないですよね。この二、三年はコロナもあったしね。コロナで出かけられないとかあったからね。一昨年、帯状疱疹《たいじょうほうしん》で寝たきりみたいになって、足が弱りました。

そうしますと、外出はほとんどないんです。整体の野瀬《のせ》先生のところに行くだけですね。あとは、たまに美容院ぐらい。でも、それもほんとうにすぐそこなんです。

結婚生活は我慢するかしないかの選択

年配の女性に私の本が読まれるのはどうしてかって?　「悪妻の見本」とか、「男性批評家」っていわれているからでしょうか。夫婦関係へのアドバイスを求められても、悩んでいる人には原因がいろいろありますからね。だから、ひとくちにね、夫婦の悩みをどうすればいいかなんていえないですよ。一時的なアクシデントとか、浮気があったとか。そういう時間が解決するような問題もあれば、それが深く心に残ってしまう性格の人か、ケロっと忘れてしまう性格の人かで、同じアクシデントでも受け止め方も違ってくるでしょ。

だから、亭主が嫌なら別れりゃいいし。別れたらどうやって一人で暮らしていくんだろうかと。やっぱり亭主が働いてくれなきゃ、一人では生きていく自信がないわっていうことになる。それじゃ離婚を我慢するかとかね。簡単なことですよ。別れるっていうのも大変ですからね。いったん結ばれたならね。

でも、私は我慢しないんですよ。自然体でしか生きられない。女学校のときも変わり者でした。クラスに溶け込むためには、個性を削ったり抑えたりするでしょ。それをしないからね。先生に何か不満があっても、みんな抑えなきゃいけないって思うでしょう。でも、私は文句をズケズケいっていました。それを個性にしてしまえば、通るんですよ。物書きになれたのは、そういう性格だからだと思うんです。物書きはね、どう思われてもかまわないという境地にいかなきゃだめなんですよ。

結婚生活は、我慢して続けるか、我慢しないかっていう選択。我慢しないと、なかなか結婚生活は続かないですよね。私は続けないという選択をした。だいたい、他人が一心同体になるわけがないってね。だけどね、思い返すと、離婚したからいろいろな経験ができて、そのほうが面白かったですよ。

好きなことをやっていれば元気になる

元気だなんてとんでもありませんよ。耳も遠くなったし、もう書きたいという気力もなければ体力もない。食欲もめっきり落ちましたけど、朝食は娘か孫が用意してくれるので、それを口に入れて、あとは庭を見ながら日がな一日ボーっと過ごしています。

もともと食事にはそれほど興味がなかったのです。仕事を盛んにしていたときは、食事のことなんか考えもしませんでしたよ。

さあ、長生きしたいとはもともと思っていませんでしたし。わがままに生きるってことじゃないですか、人間、好きなことをやっていれば元気になるんですよ。

私だって特別才能があったから作家になったのではありません。書くこと以外できなかったのです。まあ、おかげでわがままに生きられたのはよかったですけどね。

父（紅緑《こうろく》）は怒りたいときに怒るといった人でした。ほんとうにわがままに生きて、死んでいった。私は幼いころからその姿を間近に見て育ったので、わがままが許されるのが作家なんだと思っていたのです。

でも、女の作家なんて外れ者、当時はそういうふうに世間から見られていました。いまは何をやったって後ろ指を指されるようなことはないでしょ。

昔は女の人が親や弟妹を養うために、泣きの涙で苦界《くがい》に身を落とすと、それは世間から冷たい目で見られたものですが、昨今は女の人が自分の都合でそういう道を選んでも、誰も何もいいやしません。いい世の中になったものです。

だから、好きに生きればいい。才能があるかないかなんてあまり熱心に考えなくてもいいのですよ。人生なんてなるようにしかならないのだから。

（「ダイヤモンドオンライン」二〇二四年一月四日、一一日のインタビュー記事〈取材・構成／山口雅之〉）

人生は行き当たりばったりでも何とかなる

直木賞が取れたことは、才能じゃなくて、私の運がよかったのでしょう。一〇〇歳でこうして一軒家に住んでいられるのも、運がよかったからですよ。運というのはね、やっぱりあるんです。

運がどうすればよくなるかは、わかりません。誰にもわからないでしょ、そんなことは。みんな自分の運の良し悪しが気になるのは、わからないからですよ。

計画するっていっても、何が成功かなんてわからないじゃないですか。億万長者と結婚したら幸せになれると思って、そのために一生懸命努力して、いざ結婚してみたらちっとも幸せじゃないかもしれない。人生はそんなことの連続なんです。人の価値観だってずっと同じじゃないし。

どうすれば成功するかとは考えませんよ、そんなこと。だいたい成功したいとか、幸せな人生を送りたいとか思っていたら、作家になんかなっていません。

それに、成功や幸せのようなはっきりしないものを追い求めたってしょうがないし、面倒くさいじゃないですか。だから二度も離婚する羽目になったのでしょうけどね。でも、だからなんだ、ですよ。

そんなことはあまり熱心に考えてもしょうがない。人生は行き当たりばったりでも何とかなるものです。


（「ダイヤモンドオンライン」二〇二四年一月四日、一一日のインタビュー記事〈取材・構成／山口雅之〉）

生きていれば損をするのは当たり前のこと

お金にはまったく執着しません。約束の講演料がいただけなくても、「ああ仕方がないな」とすぐに諦めてしまいます。

損をしたとか得をしたとか、そういうことにもまったく興味がないのです。もう幼いころからですね。家に遊びにきた友だちが、私の部屋にあるものを気に入って「これいいね、ほしいな」というと、すぐに「いいよ、あげるよ」というような子どもでした。

性格なのかもしれませんが、それよりもやはり父の影響が強いのだと思います。

父は、訪ねてきた人が帰ると、「あれはダメな野郎だ、儲けることばかり考えている」というようなことをよくいっていました。損得に一喜一憂するのは下衆《げす》な人間だと軽蔑していたのです。

だから、家で私が「損しちゃった、得しちゃった」などと口にすると、そんなことをいうものじゃないとものすごく叱られました。

佐藤家だけではなく、学校でも先生が欲張りはよくないと教えていましたから、そういう時代だったのでしょう。

現代人は損得を気にしすぎ。そう思います。生きていれば損をするのは当たり前のこと。それなのに損をしないようにとがんばれば、生きにくくなるだけです。

騙されたっていいじゃないですか。人生なんてそんなに大したものじゃないでしょ。

（「ダイヤモンドオンライン」二〇二四年一月四日、一一日のインタビュー記事〈取材・構成／山口雅之〉）

神棚や仏壇をないがしろにしないのが品格ある暮らし

私は別れた夫がつくった借金の返済のために、かなりの時間と労力を費やしましたけど、後悔なんてしていないし、相手のこともいっさい恨んでいません。間の抜けたことをしたなとは思いますけど、その程度です。

人を信じてお金を貸したら、そりゃあ返ってこないこともありますよ。そういうときはそういうものだと思って、忘れてしまえばいいのです。

だって、貸したらそのお金はもう自分の手を離れたのだから、執着してもしょうがないじゃありませんか。

もっとも私だって、お金を貸してくださいとやってきた人に、誰でも貸すわけではありません。貸すか貸さないかを決めるのは自分の哲学です。哲学は大事ですよ。哲学があれば貸すか貸さないか悩まなくてすむし、返ってこなくてもああそうかという気持ちでいられますからね。

好きじゃないですね。小金を持った人が亡くなったとき、残された人たちが取り分をめぐって争うような話を耳にすると、実に不愉快です。自分で苦労して稼いだお金でもないのに、それこそ下衆な所業だと思いますよ。

明治のころは、お金に執着するのは卑《いや》しいことだという考え方を、多くの日本人がしていましたが、いまは逆に、お金を儲けて何が悪いって開き直っているでしょ。それがいけないとはいいませんが、自分はそうはなりたくないですね。自分の孫にもさすがに損する生き方を薦めはしませんが、儲かっても損をしても笑っていられるような、損得に振り回されず恬淡《てんたん》としている人間になってほしいとは思います。

やっぱり戦争に負けてからじゃないですか、自分の欲を前面に出してはばからなくなったのは。

戦前の日本では、どこの家庭にも神棚や仏壇がありました。私の家でも、父が毎朝神棚の前で手を合わせ、母が毎月一日と一五日に木の枝をお供えしていたのを覚えています。私は別に拝めともいわれなかったし、それにどういう意味があるのかもわかりませんでしたが、目に見えない存在に見守られているという意識はありました。そういうものをないがしろにしないのが、品格のある暮らしだったのです。

いまはないでしょ、神棚も仏壇も。そうすると目に見えるお金がいちばん大事になるのでしょうね。

(「ダイヤモンドオンライン」二〇二四年一月四日、一一日のインタビュー記事〈取材・構成/山口雅之〉)

ほんとうに強いのはお金やモノに執着しない人

私は、苦労は忌避《きひ》するべきことじゃないと思っています。買ってでもしたいとは思いませんけど、逃げたくはない。そうやって生きてきました。

そりゃあ、生きていればいろいろなことがありますよ。私の場合は、この世の人たちだけじゃなくて、あの世の有象無象《うぞうむぞう》からも手ひどい攻撃を受けましたからね。でも逃げたってしょうがないから戦うのです。そうしているうちに勝手に腹がすわってきて、いつの間にか怖いものがなくなりました。

逃げずに戦って強さを身につけなさい。そういうことです。胆力があれば、何が起ころうと与えられた現実を平然と受け入れられるようになるはずです。

お金は、強さの源泉とはならないでしょうね。現代は損得勘定に長けていることが賢い生き方のように思われているようですが、お金がたくさんあれば強いかといったら、そんなことはありません。むしろ強いのは、お金やモノに執着しない人のほうでしょうね。
私は物質的なものに対する執着が、若いころからほとんどないのです。指輪は困ったときに売れればいいと思っているので取ってありますが、思い出が詰まっているから捨てられないなどというものはありません。これまで二度離婚していますけど、別れたらそれで終わり。男の人に対する執着もまったくない。すぐに忘れてしまうんですね。

(「ダイヤモンドオンライン」二〇二四年一月四日、一一日のインタビュー記事〈取材・構成/山口雅之〉)

生きているあいだに喜怒哀楽の感情は整理したい

人の魂は死後も残るのか？　さあ、どうでしょう。霊能者の人たちはいろいろなことをいいますけど、死んだ後のことは私にはわかりません。死んだらそれで終わりでいいんじゃないですか。

死に方を自分で選ぼうなんていうのは贅沢ですよ。戦争で散った若い人たちのことを思うと、自分がこんな死に方をしたいと考えることすら申し訳ない気がします。

もともとお金やモノには執着がないので、そっちは問題ありません。ただ、生きているあいだに喜怒哀楽の感情は整理しておきたいと思っています。悲しかったりつらかったりするのは嫌ですから。それにはもう少し修業が必要かもしれませんけどね。

死ぬってこの世からいなくなることでしょ。すっきりして気持ちいいじゃない。

（「ダイヤモンドオンライン」二〇二四年一月四日、一一日のインタビュー記事〈取材・構成／山口雅之〉）

こうして座ってりゃ勝手に死んでいくんだろう

インタビューの際、「写真を撮っていいですか」と聞かれると、「いや、駄目です。提供写真にしてください。掲載写真は出版社同士でやり取りしてください」と答えます。

もう一〇〇歳になってからは、耄碌《もうろく》した姿を撮られたくない。私がもしわからなくなったとしても、孫の桃子に「写真は止めてくれ」といっています。

テレビの『徹子の部屋』からも出演依頼が絶えません。最後の出演は、二〇一七年三月、九三歳のときでした。この前も週刊誌か雑誌か何か、電話でインタビューしたいといわれましたね。でも断りました。

対談の依頼もいただきます。かつて親交のあった大御所の歌手や、女優、作家、芸術家など、たくさんの方と対談してきました。

だけど、もう誰かと話すのはいいですね。対談したい人もいなくなりました。去年の一〇〇歳の誕生日をどうしていたか？　いや、もうそんなことは忘れています。

孫からいわれれば、そのときの情景が、誰がいて何をしていたかって思い浮かぶ。うんうん、思い出しますね。

今年は一〇一歳になるが、どんな心持ちかって？　未来なんてないですよ、ほんとうに。なんか、こうして座っているだけで、時間が勝手に流れていって、それで相変わらず、私は銅像のように座っているっていう、そういう感じですね。

人が訪ねてきて、いろいろな話をしてくださるでしょう。そうすると、社会の動きがいくらかわかるという、そうなんです。それが一〇〇歳の頭の中です。

時計は見るかって？　見ないですね。だって必要がないですもん。腹時計というか、お腹が空いたら鳴る。だけど、腹時計も動かなくなっていますね、このごろ。だから死んでいけるんですよ。そうでなくて、いつまでも鋭敏だったら、死についていろいろと思い煩《わずら》うと思うのね。

だから、こうして座ってりゃ勝手に死んでいくんだろうっていう感じです。だから、死ぬのが怖いとか嫌とかって思わないしね、もう。

やっぱりそういうふうに思った時期がありましたよ。死ぬのは怖いって。お棺の中に入って釘を打たれて、後で蘇ったらどうしようかとかね。そんなことばかり考えていたのは、一〇代の学生時代かなあ。

やっぱり勢いがあるときっていうのは、死ぬことについて考えますね。だけど、勢いがなくなると慣れちゃうんですよ。

第4章

愛すべき家族と相棒たち

悪さした相棒たちに、会いたい

一〇〇歳になると、友だちがほとんどいなくなる。親やきょうだいがいなくなるのは、年の順だから先に死なれても仕方ないと思う。

でもね、年を取れば取るほど、周りの友だちがどんどんいなくなるんですよ。仲よく青春時代に悪さした相棒たちが、みんなきれいにいなくなった。

学校の同い年の友だちがね、いなくなる。親しい同級生はいなくなりましたね。私は関西の出身ですから、女学校時代の友だちはほとんど関西にいましたね。東京に来てからはつきあいがあまりないです。だからね、東京にいる同級生はほとんどいなくなりました。

これはね、なんともいえない寂しさがあるんですよ。経験しないとわからないと思います。

中山あい子に会いたい。あんな豪快な人はいなかった。

川上宗薫も懐かしい。ほんとうにいいコンビでした。
北杜夫はヘンな人でした。だけど面白かった。
遠藤周作さんにも会いたいですね。私の失敗を大笑いしてほしい。
そういう、相棒たちに出会えたっていうのは、すごいことですね。
中山さんも川上さんも北さんも遠藤さんも、もういないんですよね。
私の前にも後ろにも誰もいない。みんな死んじゃったね。

（リベラル社による二〇二四年の四月二二日、六月二〇日のインタビューより）

父

佐藤紅緑

さとう　こうろく
小説家、劇作家、俳人
1874年、青森生まれ。本名：洽六

父は大衆小説家として人気があった。特に少年小説に熱情を燃やし、小説を通して日本の貧しい少年たちに勇気と正義感を与えることを使命とし、喜びとしていた作家である。

「昭和十五年、少年倶楽部不遜《ふそん》なるをもって同誌と絶つ」と六十六歳で絶筆した。

父の好きな言葉に「人は負けるとわかっていても戦わねばならぬ時がある」というバイロンの言葉がある。私の父の日記のあちこちにその言葉を見つけた時、たいそう感激した。

人は負けるとわかっていても戦わねばならぬ時がある。

（『淑女失格』日本経済新聞社）

写真提供：佐藤愛子氏

旧制弘前中学中退。上京して新聞記者となり、俳人として認められる。1906年（明治39）に脚本『侠艶録《きょうえんろく》』が新派で上演されて好評を博した。その後小説に専念、『虎公《とらこう》』『桜の家』など、家庭小説の系統を引く、社会小説的な色彩の大衆小説を書く。

昭和に入ってからは少年少女小説も多く、ことに『あゝ玉杯《ぎょくはい》に花うけて』は、少年の友情を描いて、その掲載誌である『少年倶楽部』の読者を熱狂させた。

1949年、75歳で没。

私の父

祖父は弘前に於《お》いて、口やかましい頑固者として有名であったが、父もまた「弥六《やろく》のセガレ」と呼ばれて、弘前では知らぬ者もないくらいの乱暴者だった。「弥六のセガレ」という通称の中には、「あの頑固親爺のこの不良セガレ」という慨歎《がいたん》が籠《こも》っていたのである。

父が中学生の時、津軽城の天守閣から下に向って立小便をしたという話や、学校の火事に駆けつけてもっとよく燃えるようにと羽織を脱いで煽《あお》ったという話は有名である。父は学校が嫌いだったが、それは束縛に耐えられなかったためである。

勉強も嫌いだった。数学と幾何をやると頭痛がしたので、教科書の上に「毒本」と書いたカバーをつけて教師に叱られた。父はいつもだらしなく着物を着ていたが、それは襟を深く合せると頭痛がし、きつく帯を締めると気分が悪くなったためである。すべて窮屈なことがいやだった。厳冬でも足袋を履かないのは、コハゼで足首を締めつけるのが窮屈だからだった。

父は五十四歳の時、雑誌に求められて次のような文章を書いている。

「私は婦人礼讃者である。

私は幼い時から婦人を礼讃していた。私は七歳の時、母に別れて十三歳まで殆《ほとん》ど姉とおばあさんの手で育った。私は三人の妹を愛した。特に私より二歳ちがいのすぐ後の妹と仲よしであった。

私の兄は幼い時から不羈《ふき》独立の気に富んで、おばあさん以外の女性は嫌いであった。女は臭いといっていた。私は六人の女児を挙げたが不幸にして四人を失い、今二人残っている。私は他の男の子供よりも女の子がひどく可愛い。私の五十四年間の体験によると、私の性質に幾分でも美しいものがあるとすれば、それは女性から受けたものである。私のおばあさんは恐ろしく慈悲深い人で、腰の抜けた猫を拾ってきて半年以上も飼ってやり、死んでから坊さんにお経をよんでもらったことだけでも大抵わかる。

私は幼少から粗暴なたちで一日に一度は頭を割るか割られるかの喧嘩をしなければ気がすまない風で、郷里の憎まれ者だったが、一度も女の子に対して乱暴を加えたことがない。なぜそうかというに単に女は弱者だからというわけではない。女の子にはいうにいわれぬ気韻《きいん》があってどうしてもそれを冒瀆《ぼうとく》することが出来ないからである。古事記や日本書紀を見ると、男が女よりも品性が劣っているのがわかる」（後略）

父は持前の疳癖《かんぺき》と我儘《わがまま》で怒濤《どとう》のようにガムシャラな半生を生きた後、五十歳になって漸《ようや》く落ち着いて、小説を書く書斎の人になったのである。

（『淑女失格』日本経済新聞社）

父の死から学んだこと

父の死を看取《みと》ってきた私は、人間は死ぬために死を受け容れる覚悟を決めなければならないものだということを知らされた。知らされはしたが、ではどうやって覚悟を決めるかということは考えなかった。私はまだ若く、死は遠方にあったからだ。その上私は生きることに全力を注がねばならなかった。

父が死んだ時、私は不幸な結婚生活から脱出するか、それとも踏み止まって希望のない日々に甘んじるか、その分岐点に立っていたのだ。

父の死は私に家庭を捨てる決意をさせた。私は文学で身を立てようと考えた。そう考えた唯一の拠りどころといえば、私の手紙を読むたびに父が、あの子には文才があるよと母に洩らしたという一言だった。

私はともかく生きなければならなかったから、死ぬ時のことなど考えていられなかった。

生と死の境い目で苦しまなければならないということがあるにしても、長い人生からみたらそれは束の間の苦しみである。その時はその時のことだ、と思っていた。そう思うしかなかった。そうして父のあの苦悶《くもん》の時期のことを、頭の中から追い払った。

たまに人から死ぬことは怖くないかと訊かれると、私はいつも答《こたえ》に迷った。それほど死を遠くへ押しやっていたのだ。

「だって何もなくなるんでしょう？　完全に自分というものがなくなるんなら、生きてるよりもラクじゃないの。今にラクになる、と思えば怖くないわ」

唯一の逃げ道のようにくり返した。

「でも本当に死ねば何もなくなるの？　死後の世界はないとはっきりいえるの？」

そう詰め寄られると私は困った。

「そんなことわからないわよ。一度死んで戻って来た人がいるわけじゃないんだから」

「じゃあ、どうして無だと思えるの？」

「そう思うしかないからよ……」

仕方なく私は笑いながらいった。そう思う方がらくだからよ、と。

私には仏壇は無用のものに思われた。仏壇が必要なのは、死者のためではなく遺された者のためだと思っていた。遺された者は仏壇に線香を立てて死者を偲《しの》ぶ。あるいは悲しみの整理をする。仏壇、位牌は死者の身代りとして遺った者を慰めるものだ。仏壇があるので、生きている者は死者を忘れずにいられる。それがなければ生きるに忙しい者は死者を忘れてしまうだろう。仏壇はそのためにあるのだと考えていた。

父の死後、母は毎朝仏壇に燈明《とうみょう》を点《とも》し、お茶を上げ線香を立てて拝んでいた。しかしそれは極めて事務的なもので、ただ日本の慣習としてそうしているといった様子だった。

離婚をして以来、母とひとつ家に住んでいた私は、そんな母の後ろ姿を眺めているだけで、一度も仏壇に手を合せることをしなかった。母もまた私にそうしなさいとはいわなかったのである。

やがて母も死んだ。本来ならば父母の仏事は長男である兄の家で営まなければならないものなのだろうが、仏壇はひきつづき私の家にあった。兄も私も仏壇や仏事について無関心だったので、仏壇はどこにあってもよかったのだ（兄もまた父のように僧侶を嫌い、父の通夜の時に、「お経はなるべく短いやつを頼みます」といって顰蹙《ひんしゅく》をかった)。

私はよく父母の回忌《かいき》を忘れた。世間にはどんな家でもこういうことに心を配る親戚が必ず一人や二人はいるものだが、私の一族には一人としてそういう常識人はいなかったので、菩提寺《ぼだいじ》からの通知がなければ法要を忘れた。仏壇を拝むことも法要をすることも、みな形式にすぎない、と私は考えていた。自由奔放に生きた父は形式というものを無視していたから、私たち兄妹もみな、その影響を受けていたのだ。

私の心の中にはいつも父がいた。何かにつけて私は娘にいった。

「おじいちゃんが生きていたら……」と。

「おじいちゃんが生きていたら」と懐かしんでいうのではなく、おじいちゃんが生きていて、現代社会のこのもろもろの現象を見たら、さぞかし怒り罵《ののし》るだろう、と社会や現代人を弾劾《だんがい》する時にその言葉を使うのだった。

「堕落、腐敗の極みだ!」

と私はよく叫んだが、そんな時、私は父そのものになった。私の人生観、生き方は父から得たものだった。私には四人の兄と一人の姉がいるが、長兄はよくこういった。

「我々兄妹の中で、一番親父に似ているのは愛子だ」と。

私はそれを自覚していたから、だから父の回忌を忘れたり、仏壇に埃が溜《たま》っていてもかまわないと思っていた。父は仏壇の中にいるのではない。私の胸の中にいる。毎日の私の言動の中には父の息吹が籠っている。これ以上、私は亡父に対して何もする必要はないと思っていたのだ。


（『こんなふうに死にたい』新潮社）

母

三笠万里子

みかさ　まりこ
舞台女優
1893年、大阪生まれ。本名：横田シナ

母は若い頃女優を志したが、父のためにそれを断念させられ、不満を抱いたまま一生を過した人である。激情家であった父と暮らしているうちに、本来の冷静な気質にますますミガキがかかり、父を批判してやまなかった。（中略）

この写真は私が甲南高等女学校に入学するについて、学校へ提出するための家族の写真である。

母は見るからに毅然《きぜん》としており、賢夫人風である。母は私によくいった。

「佐藤の血にはどうしようもない毒の血が流れている。お前は母さんの血が入ったおかげで、いくらか毒が薄まっただろう。が、それでもよく注意しなさい」と。

（『淑女失格』日本経済新聞社）

写真提供：佐藤愛子氏

女学校、女工、関西英学校といずれも長続きせず、大正元年神戸の聚楽館《しゅうらくかん》附属女優養成所に入り、大正2年、『女文士』で初舞台を踏む。4年、三浦敏男《としお》と武田正憲《まさのり》の「新日本劇」に参加する。

上京して同劇顧問佐藤紅緑方に寄宿、紅緑と愛人関係になり、5年、甲府公演『鳩の家』で主役を演じる。本郷座公演で三笠万里子を名乗る。24年、『マグダ』の主演を最後に引退。22年に紅緑と結婚。紅緑とのあいだに1男2女を生んだ。

出演作品に『復活』『サロメ』など。映画は『小豆島』『母』『光明の前に』の3作品。

1972年、78歳で没。

私の母

母は明治の女には珍しく、理性的な人間だった。父は感情家でよく母と衝突しては「人生は理屈ではない！」と怒鳴っていた。

母の口癖は「ものごとを大局的に見る」ということと「客観性」という言葉だった。女は感情で考えるから厄介だとよくいっていた。あまりしょっちゅう聞いていたので、いつかその言葉が私の中に染み込んでいたのだろう。本来私は父の気質を受けついでいて感情家なのだが、ものを書くようになってから、かつて染み込んでいた「客観性、大局的」という言葉が作家として生きるのに役立ってきたと思っている。

こんな母は父にとっては可愛くない女だったことだろう。しかしその一方で父は母を「間違ったことはいわない女」として信頼していたと思う。父は小説家だったが、年老いて作家としての力が衰え、書いた小説に編集者からクレームをつけられたことがあった。その時、母はそのクレームのついた小説を読んで父の衰えを知ったのだろう。

「これまでもう十分仕事をしてこられたじゃありませんか。あとの生活は心配のないようにしてありますから、このへんで執筆活動はやめて、のんびりしたらどうですか」

といった。それで父は一切の筆を絶ち、あとは俳句を作って余生を送った。

私は母と喧嘩ばかりしてきたが、それでもやっぱりエライところがあったと改めて思うのである。

（初出「Health Tribune」、『お徳用 愛子の詰め合わせ』文春文庫に収録）

兄　サトウハチロー

サトウハチロー
詩人、作詞家、作家
1903年、東京生まれ。本名：八郎

この写真は私が「ソクラテスの妻」で芥川賞候補になった頃のものである。

ハチロー兄と私とは年が二十も違うので、一緒に育っていない。時々東京から来ては、大きな声で面白いことを連発して家中を笑わせ、颱風《たいふう》のように去って行くのがハチローだった。

兄は身内のことはいつもボロクソにいう人だったが、私が借金を背負ったことだけはひどく感心していたということだ。佐藤家の兄妹の中で親父の血を一番引いているのは愛子だ、とよくいっていた。


（『淑女失格』日本経済新聞社）

写真提供：佐藤愛子氏

中学は8つの学校を転々とし、立教中学校中退。15歳で父の弟子・福士幸次郎《ふくしこうじろう》の紹介で西条八十《さいじょうやそ》に師事。詩集『爪色の雨』で詩壇に地位を確立。また演劇の台本や小説や随筆を書き、童謡・歌謡曲の作詞家としても活躍。

戦後は童謡の復興に努め、敗戦直後に歌われた『りんごの唄』『ちいさい秋みつけた』の作詞や、テレビ番組と連携した詩集『おかあさん』は好評を博した。木曜会をつくって童謡を指導するなど後進の育成にも注力した。

日本童謡協会初代会長、日本音楽著作権協会会長。昭和41（1966）年紫綬褒章、48年瑞宝章受章。

1973年、70歳で没。

我が校の猿

私には四人の不良兄貴がいた。長兄サトウハチローは自他共に許す大不良で、上野の美術学校（現在の芸大）の堂々たるニセ学生だった。あまりに堂々としているので、彫刻の朝倉文夫先生は廊下でハチローを見かけると、「佐藤は入学以来、作品を提出しないが、材料がないのなら私があげるから取りに来なさい」といわれたという。何という純真な芸術家魂であろうか。この話を思うとき、私は兄の所業を恥じるよりも、朝倉先生の人となりの大きさに胸打たれる。ハチローは二年近くもニセ学生をやっていたのである。

美術学校は高台にあって、裏の崖下は上野動物園だった。崖の丁度真下に七面鳥の檻があって、二羽の七面鳥と十数羽のほろほろ鳥がいた。（これから書く話は、今までに何度か書いたり話したことがあるから、既にご承知の方もおられると思うが、ま、我慢して読んで下さい）

ある日ハチローはニセ学生のつれづれに七面鳥を釣ろうと思いたった。そこで仲間を語らって鯛を釣る太い針にみみずをつけて垂らしてみたら、ほろほろ鳥がかかってきた。しめたと喜んで釣り上げて焼いて食べたら意外においしかったので、翌日もまた釣った。翌日もまた……。

そのうちに動物園ではほろほろ鳥の数が減っていくことに気がついた。これはどうやら美校生の仕業だということになって、園長が美校の校長に手紙を出した。

「貴校の猿どもが、我が方のほろほろ鳥を獲るので困っている、厳重に取り締ってもらいたい」という手紙である。

それに対して正木直彦校長が返事を出した。

「貴園の猿は檻の中に入っているから問題はないでしょう。しかし我が校の猿は放し飼いであります。どうかほろほろ鳥はそちらで守っていただきたい」

そんなやりとりがあったとはハチローは無論知らない（校長は誰にも洩らさず動物園長に手紙を書いただけだった）。次の日、何も知らぬハチローたちはまたしてもほろほろ鳥を釣ろうと崖の上へ行った。竿を垂れようとして下を見ると、そこにほろほろ鳥の姿はなく、猪がいた。動物園側はそちらで守れといわれたので、頭を絞ってほろほろ鳥と猪を入れ替えた、というわけだった。

まことに心あたたまる話ではないか。正木校長、動物園長ともに大人物だ。このことがどこからか洩れて学生間に広まった時、全校生徒が正木校長を崇拝したという。

後年その話をする大不良ハチローの目にも、涙が浮かんでいた。

青春とは無軌道なものだ。わかっていてもやる、やってしまうのが青春なのだ。正木校長はそれをよく理解していたのだろう。その無軌道は一過性のものであること、厳しく修正するばかりが能ではないということを。

それが「おとな」というものではないのか。

これが現代なら、まずこういうことになる。新聞、テレビ、週刊誌こぞって大見出しで書き立てる。

「ニセ学生、ほろほろ鳥を食う
動物園側、対策に大童」

「作家佐藤紅緑の長男　ニセ学生発覚」

そしてニセ学生に気がつかなかった学校当局は責任を問われて辞職者続出。

父のコメントを求める電話や訪問記者が殺到し、やがて記者会見。父は憤怒の形相もあらわに謝罪の頭をさげる。それを見て論評するテレビのコメンテーター。新聞の読者投稿欄。近所の酒屋、米屋、床屋の親爺までが佐藤家についての感想を求められて忙しく、商売に差支える。やがては「佐藤一家に流れる血」がいかに醜怪《しゅうかい》であるかの探索が始まり、父の若い頃の過《あやまち》から父の後添である母（兄たちにとっては継母）への批判。ハチローの弟三人は、あるいは登校拒否、あるいは女たらし、あるいは借金魔、嘘つき、詐欺師。やってないのは強盗殺人、つけ火だけ、などと調子にのって書き立てる。

ハチローがニセ学生だった時、私は赤ン坊だったからよかったが、女学校へでも行ってようものなら、

「妹、愛子も勉強嫌いで、はり切るのは運動会くらいのもの。わざと破れた鞄を持ち、泥靴を履いてバンカラを気どり（上級生A子さんの話）、喧嘩《けんか》っ早くすぐ大声で怒鳴り、学校の品格を傷つけるとして眉をひそめる先生たちも少なくなかったという。『やっぱりお兄さんの影響かもしれませんね。でも渾名《あだな》をつける才能はたいしたもの

でした』

と親友だったM子さんはいう」

などと書き立てられ、

「ひどい。怪《け》しからん」

と怒っても、どれも当らずといえども遠からず、というあんばいであるから、告訴するぞ、ともいえない。

だが、そんな目に遭ったために、以後放恣《ほうし》をつつしみ、「みんな、立派な人になりました」ということになればいいのだが、悲しいかな、そうはならないのである。二番目の兄なんぞは、

「これで天下あまねく、俺たちのことが知れ渡ったんだ。もう取りつくろう必要はなくなった。らくでいいよ」

などといい兼ねない。

懲罰《ちょうばつ》というものがいかに難かしく、実り少ないものか、兄たちを見て育った私はよく知っている。大切なことは「大きく広く理解する心」であることも。

——正木直彦校長は教育者の鑑《かがみ》である。
それをいいたくて私は、この話を書いた。現代の教育者はこの話を熟読玩味していただきたい。
ところでハチローはニセ学生をやめた後、暫くしてからこんな詩を書いている。

なやみになやみを重ねて
芥子《けし》は散った
可哀想に心臓ばかりふくれて残った

だが、そんな感懐を洩らしたからといって、その後、真面目になったわけではなかった。右に左に揺れ動きつつ、彼の大不良の人生は過ぎていったのだ。大多数の人生がそうであるように。

（『新装版　まだ生きている』リベラル社）

兄の訓《おし》え

私の長兄サトウハチローは昔の不良少年の「見本」である。世間が、佐藤の息子は不良でしょうがないと取沙汰《とりざた》しているだけでなく、父も母も親戚《しんせき》全部が不良だといい、当の本人も不良だと認めているのだから、これほど確かな不良はいない。

「みんなはオレを不良不良というけれど、オレは不良なんかじゃない。誰もオレをわかってくれない」

とグズグズいう不良があちこちにいるけれど、我が家の不良（ハチロー以下三人の兄、全部不良）は全員、己れの不良を認めている不良だった。

ハチロー兄は私にこんな話をしてくれたことがある。

「兄ちゃんがね、中学生の時は、何回も退校処分になってるもんだから、そのたんびに学校を変ったんだ。鵠沼《クゲヌマ》の中学に行ってる時のことだけど、学校へ行く途中に遊廓《ゆうかく》があって、その中を歩くと近道なんだけど、生徒はそこを通っちゃいかんという校則があったんだ。ある日のこと、兄ちゃんは退屈だったから、遊郭へ上ったんだよ。翌朝、歯を磨きながら二階の廊下へ出て表を見ていたら、表の道を向うから教頭がやって来るのさ。生徒には通っちゃいけないといっておいて、自分が通るのは怪《け》しからんじゃないかと思いながら見ていると、向うが目を上げてこっちを見たんだ。パッタリ目と目が合っちゃった。仕方なくいったんだ。『おはようございます』ってね。そしたら退校さ。『おはようございます』って挨拶したら退校にするなんて、ひどい学校だよ……」

こんなふうに面白く話されると、中学生のくせに遊廓へ上るなんて、なんてことなの、と非難する気持なんかどっかへ飛んでしまって、アハハハと笑いこけてすんでしまう。

二番目の節《たかし》という兄は、親からお金をせびり取ることばかり考えていて、女房が病気で入院することになったから、と金の無心、女房のおふくろさんが手術することになったから、とまた無心、おふくろさんが死んだから、と香典を取って行く、おふくろさんはピンピンしているのに。そうしているうちにもう妻の「病気」も妻の母親の「病気」も使い古して効かなくなった。そこで自分が死んだことにして、「タカシシンダ」という電報を仙台の旅館から打った。

うちでは「また始まった。こんなの嘘《うそ》だ、ほっとけ、ほっとけ」と父も母もいっている。けれども、と母は考えた。

――もしも、もしも本当だったら、旅館に迷惑をかけることになる……。

嘘だとは思うけれど、万が一ということがある、と考え、お使いの人が若干のお金を用意して仙台へ向った。

旅館を探し当てて行ってみると、「はあ、佐藤節さま、いらっしゃいます」といって案内された部屋に、節兄は芸者と寝ていて、

「すまん――」

といって右手をつき出した。つまり持って来たであろう金を受け取ろうとしたわけだ。

この話も私が小学生の時に聞いた話である。

子供の頃からこういう話ばっかり聞かされて、私は教育的雰囲気なんてゼロというよりマイナスで育っているのである。

私は怖いものなしの人間のように思われているらしいけど、こんな環境で成長すればたいてい「怖いものなし」になる。

男なんてこんなものだ、と教えられて育ったようなものだもの。だから結婚して夫が浮気しても、一向に驚かなかった。よくいえば男に対する深い理解の持主といえるかもしれないけれど。男の品行なんか、ハナっから諦《あきら》めている。

可愛くない女なのである。私は。兄たちのおかげでこうなった。

といっても恨んでいるわけではない。何があってもこだわらず、怨《うら》まず、豪快に生きてこられたのは、毒をもって毒を制すというか、こういう兄の毒素を吸収したおかげだと思っている。

（『日本人の一大事』集英社文庫）

乳母——ばあや

この時、ばあや（右上）は幾つだったのか知らない。私は六歳である（右下）。

私は母よりもばあやが好きだった。表から帰ると「お母ちゃんは？」といわずに「ばあやは？」と訊いた。ばあやの身の上がどんなで、なぜ私の乳母になったのかも私は知らない。ばあやのおっぱいは長くて柔らかで、いくらでもお乳が出た。たっぷり出たところをみると、私の家へ来たのは赤ん坊を産んだ後だったにちがいない。

ばあやは私が何をしても叱らなかった。「そんなことしたらいかん！　これッ！」という尻から目が笑っていた。

鼻が低くて鼻筋がなかった。私も鼻が低かったので母はよく、「ばあやのお乳を飲んだからやろか」と私をからかった。

（『淑女失格』日本経済新聞社）

写真提供：佐藤愛子氏

この世にはイヤでもせんならんことがある

私は幼稚園へは、行ったり行かなかったりだった。

父は「いやなものを無理に行くことはない」という。だから天下晴れて行かなかった。

そのうち小学校に上がることになったが、これがまたいやでたまらない。

今から思うと、外へ行く時は必ず誰かが一緒だったから、家から離れて一人ぼっちになることが怖かったのだろうと思う。

しかしその時は何がいやなのか、わけをいいなさい、といわれても、とにかくいやというほか、なかった。

ぐずついていると、ある朝ばあやがこういった。

「お嬢ちゃん、なんぼお嬢ちゃんやかて、どうしてもせんならんことがありますのやで。この世にはイヤでもどうしてもせんならんことがおますのや」

それでしぶしぶながら私は学校へ行った。

「この世にはイヤでもせんならんことがある。なんぼお嬢ちゃんやかて」という言葉は、七歳の我儘《わがまま》ガキの胸を貫いたのだ。

——そうか！　そうなのか！

——そういうことなら、行かねばならんのやろなあ……。

細かく分析すると、そういう順番になる。あえていうと、人にはどうしてもどんな人にも「逃れられないこと。——しなければならないこと」がある。それを理解したということだ。

我儘ではあるけれど、私はわりあい賢い子供だったのだ。

ばあやは何げなくいったことだったのだろうが、それはばあやが苦労に苦労を重ねてきて、その結果身についた人生観だったのだろう。

この「ばあや哲学」はその後の私の生き方の基礎になった。

（『新装版　そもそもこの世を生きるとは』リベラル社）

夫

田畑麦彦

たばた　むぎひこ
小説家、劇作家、俳人
1928年、東京生まれ。本名：篠原省三

夫の帰りは毎日遅い。いったい何をしているのか、午前二時か三時頃、ヘトヘトになって帰ってくると、ズボンから疲れた脚を引き抜き、そのまま寝てしまう。朝起きると昨夜のままの形で脱いであるズボンに脚を入れて引き上げ、そのまま穿《は》いて出て行く。ズボンの筋がなくなっているので、会社では「シームレス」と渾名《あだな》がついていた。

　おそらく妻である私の配慮のなさが非難悪口の的になっていたことだろうが、私は必死で原稿を書いていたのである。

　だが私は「シームレス」という渾名を聞いて、「それはうまい！」と笑った。「ね、うまいだろ」と夫も笑っていた。私たちは妙なところで気の合う夫婦だったのだ。どちらかが常識的だったら、どこかで転落をまぬがれたと思う。だが私たちは二人揃って、どこか世間並でない楽天的なところがあって、二人ともそれが気に入っていたのだ。

（『淑女失格』日本経済新聞社）

写真提供：© 文藝春秋／アマナイメージズ

東京急行電鉄社長を務めた篠原三千郎の二男として生まれる。慶應義塾大学経済学部卒。毎日新聞社、東映映画に勤務。『文藝首都』の同人として小説を書く。

１９５６年、同人誌仲間であった佐藤愛子と結婚。１９６２年『嬰《えい》へ短調』で文藝賞受賞。同年、妻愛子とともに産業教育教材販売会社「日本ソノサービスセンター」を設立、経営に参画する。日本ソノフィルムやエスプリ企画の代表取締役社長を務めるが、事業の失敗により離婚。佐藤はその経緯を『戦いすんで日が暮れて』に書いて直木賞を受賞した。『文藝』で同人誌評などを書いた。著書に『小鳥が歌をうたつている』『祭壇』がある。

２００８年、80歳で没。

佐藤は田畑をモデルに『晩鐘』（２０１４年）を書いた。

臆面もなく飛び込んだ世界

『文藝首都』へ手紙で入会したのは二十五年の夏前だった。毎月二十五日に会員の集りがある。来月は行こうと思っているが、当日になると来月にしよう、という気になる。そうこうしているうちに十月になった。

ついに意を決して出かけた。『文藝首都』は、小田急線参宮橋駅から五分とかからない静かな住宅地に入って間もなくのところにある。それは保高徳蔵《やすたかとくぞう》さんの自宅でもある。古びた板塀の平屋。格子戸を開けると、玄関のタタキいっぱいに靴が並んでいた。それを見ただけで私はもう、怖気《おじけ》付いてしまうのである。

勇気を奮い起して玄関を上った。八畳と六畳の境の襖《ふすま》を取り払った座敷に、ぎっしり人が坐《すわ》っている。人は廊下にも溢《あふ》れている。正面にこちらを向いて坐っている人が、保高徳蔵先生なのであろう。その左右に恰《あたか》も右大臣左大臣という趣で何やら偉そうな中年の男性がこちらを向いている。

私は廊下の一番端っこに坐って、正面に向ってお辞儀をした後は、新入りへの関心の視線に耐えて小さくなって俯《うつむ》いていた。一座は先月号の批評をしているらしいが、何をいっているのやら私にはさっぱりわからない。どの顔も偉そうに見え、どの発言も立派に思えるのである。

そのうち皆の新入りへの関心が逸《そ》れて行くのを感じると、私は少しずつカマ首を擡《もた》げるような感じで参会者を観察した。部屋の柱近く私とは対角線上に坐っている若い男が、ちらりちらりと私を見る。あまり見るので私の方もついその男に目が行く。

——なんだ、あの若僧は。

と思っている。

その若僧が数年後に結婚することになった田畑麦彦だった。

「あなたはあの時、私に見とれてたわね」

後になって私がそういうと、彼はいつもせせら笑って否定した。

（『こんな老い方もある』角川文庫）

十円借りにくる男

私は少しずつ『文藝首都』に馴《な》れていった。私には友達が出来た。天笠《あまがさ》一郎という男が私に声をかけてきて、我々のグループに入らないかと誘ってきたのである。そのグループには天笠のほかに庄司重吉という保健所の小使い（当時は用務員をそう呼んだ）をしている男と、田畑麦彦、そうしてこのグループの長老ともいうべき林圭介というマッサージ師、そうして女性は後年、ジュニア小説家になった佐伯千秋と私だった。

田畑麦彦は毎日新聞学芸部記者になったばかりで、火野葦平《あしへい》の『花と龍』という連載小説を担当し、挿絵の向井潤吉画伯のところへ毎日挿絵を取りに行っていた。向井画伯はその頃、母と私が暮していた世田谷真中の家に近い、畑を見下ろす高台の豪邸に住んでおられたので、田畑麦彦はその帰りに私の家へ立ち寄るようになった。

はじめて彼が私の家に現れた時、彼はすみませんが十円貸してくれませんか、といった。向井画伯の家へ行ったが、社へ帰る電車賃がなくなったのだという。なぜなくなったのかとは私は聞かなかった。たった十円だったから、すぐに貸した。私の母は驚いて、

「十円借りにくる男なんて聞いたことがない。どういう人や」

といった。多分、彼はパチンコをして電車賃まですってしまったのだろう、と私はいった。後になって私が、

「あの時、あなたは私に近づきたいために、わざと十円借りに来たんじゃなかったの」

というと、田畑は「バカをいえ」といった。

田畑麦彦の本名は篠原省三という。ある日、ペンネームをつけなければ、と思いながら家の近くを歩いていた。彼の家は田園調布にあり、その頃は文字通り近くに「田園」があったのだろう。畑の畦道《あぜみち》を歩いていると、向うに麦刈をしている農夫が見える。そこで彼は「田畑麦刈」という名を思いついた。しかし「麦刈」という名ではあまりにふざけ過ぎているという意見があって、「麦彦」に落ちついたのだという。そんな話は私の気に入った。

田畑麦彦とのつき合いはそうして始まった。彼は向井画伯のところへ行くたびに、帰りは必ず私の家へ寄るようになった。

「また十円かいな」

と母はいった。

田畑が来るようになったので、天笠も来はじめた。天笠は無職だったから、いつも暇だったのだ。天笠だけでなく、失業者が町に溢《あふ》れている時代だった。『文藝首都』の同人にも無職が珍しくなかった。無職ですることがなく、金もなく、ほかに楽しみもないから皆、小説を書いていたのかもしれない。

私たちのグループはその名称を「ロマンの残党」といった。しかし私には（石川達三の「ろまんの残党」から借用したのだろうと思う以外に）何が「ロマンの残党」なのかわからなかった。

私たちは月に一度集会しては書いてきた小説を朗読し、それを皆で批評し合った。その会合は私の家ですることが多かった。母はそれが私の「文学の勉強」になると信じていたから、会合には協力的で、カレーライスなどを作ってもてなしたのである。その会合ではどんな作品も、殆《ほとん》ど褒められることがなく、いつも痛烈な批評に終始したが、私の作品を「面白い！　傑作だ！」という人がいないという点で、母は信用したのである。

その時の批評が正鵠《せいこく》を射たものであったかどうか、私にはわからない。はっきりわかることは、それによって私は完全に混乱し、自信を失ったことである。しかしこの混乱が「ためになる」のだと私は思うことにした。

グループの中で、誰《だれ》よりも痛烈に私をこき下ろすのは田畑麦彦だった。私の文章を彼は、水面に浮いている油みたいだ、ギラギラして浮いている、というのだった。そういわれればそうかもしれない、と私は思った。しかしそれではどんな文章を書けばいいのか、私にはわからない。彼らは「我らはなぜ書くか」という問題について議論した。しかし、「なぜ書くか」といわれても、私はなぜなのかわからない。

「書きたいから書く？　ではなぜ書きたいのか？」

そういわれても、答えようがない。なにせ私は小説好きでも文学少女でもなかったのだ。

夫が麻薬中毒にならなければ、小説なんか書こうと思わなかった人間である。私は「ほかに出来ることが何もない」から小説を書いて暮しを立てようと考えただけなのである。小説とは「お話」を書けばいいとだけ思っていた。二、三年もすれば、すぐに職業化出来ると安気に考えていたのだ。

（『こんな老い方もある』角川文庫）

戦いの日々

気がつくとあっちの借金、こっちの借金、細かいの、大きいの、いろいろとり混ぜて三千万余りの借金が私の肩にかかっていた。離婚しなければ債権者が襲ってくると夫にいわれて離婚したのだったが、その夫自身が恰《あたか》も債権者の手代《てだい》のごとくやって来て私に借金の肩代わりをさせていくのである。実際、アレヨアレヨという間にそれは膨らんだ。※佐藤さんから五百万円を借りられたと喜んでいたが、よくよく考えてみると、更に五百万円の私の借金が増えていたということになる。

私の父は正直を何よりの美徳とした人間である。損得を考えて行動する奴は人間のクズだといった父の声は、今でも私の耳の底にこびりついている。おそらくそれがいけなかったのだ。私は懐に原稿料があるのに「お金はもうない」といえないのだった。

いくらあるかと訊かれれば、ありのままをいってしまう。

Aの債権者に×日に来て下さい、お払いしますと約束していたのだが、その前にB

※佐藤さん……町の金融会社の社長 佐藤博道氏

の債権者が来てねばるので、面倒くさいからBに払ってしまった。約束の日にAが来たので、お金はあったけれどもBに払いました、といったら、Aは禿アタマに湯気を立てて怒った。一瞬殺されるかと思ったが、私を殺してもしようがないだろう、と考えて逃げるのはやめた。

たかが金のことじゃないか、という思いがたえず私の中にはあった。たかが金のことで禿アタマから湯気を立てるなんて、恥かしいと思わないのか、といいたかった。しかし、湯気を立てる人はまだ単純でいい人であって、湯気も立てず紳士の顔をして金の亡者のようなのも世の中には大勢いることもそのうちよくわかった。この世を生きのびることはどうやら亡者にならねばならぬことらしいということも。

ある日、僅《わず》か十万円の債権のうち、一万円でいいから払って下さいといって朝早く来た人がいた。その日、我が家には一万円しか金がなく、その一万円を渡してしまうと明日の生活費がない。そのことを説明すると、その人はうなだれて「困りましたなあ」と溜息をつき、「ではすみませんが、夕方までここに居させてくれませんか」といった。

「実は女房がうるさくいうもので、手ぶらで帰るわけにはいかないんです」

私は胸を突かれた。ああ、何という悲しい話だろう。私は一万円を彼と半分ワケにすることにした。五千円をくたびれた上着の内ポケットに入れて帰って行く時、彼は「すみませんでした」と私に謝った。謝る必要もないのに。

今でも時々、私はあの人のことを思い出す。そしてどうか元気でいて下さいと念じている。しかし亡者にもならず、頭から湯気も立てなかったあの人は、今の社会ではいつまでも下積みでいなければならないような気がする。

毎日が戦いの日々であるにも拘《かかわ》らず、私は元気だった。私があまり元気なので、債権者の中には、あれはどこかに金を隠しているにちがいない、と疑う人がいたくらいである。多分、私は戦闘向きの人間なのであろう。私の身体にはエネルギーが満ち溢れ、勇気凜凜苦労を苦労と思わなかった。

ずっと後になって私は人からよくいわれた。会社の債務に対して社長の妻が責任を負う必要はないのです。なぜ弁護士に相談しなかったのですか、と。私はそれを知らなかった。誰も教えてくれなかった。それに私は弁護士に相談する金を惜しんだのである。

そのうち、私は夫が他の女と結婚していることを知った。偽装離婚だといわれて、そのつもりで一心に借金を背負っているうちに、夫は結婚していたのだ。

夫ははじめから私を欺《だま》しにかかったのか、それともなりゆきでそうなったのか、今でも私にはわからない。そんなことを穿鑿《せんさく》したところで仕方がなかった。第一そんなことをしている暇が私にはなかった。私は穿鑿の代りに憤怒のタツマキを上げて走り、夫の机の中のものを力まかせにほうり出した。

そうして夫は去り、借金だけが残った。

（『淑女失格』日本経済新聞社）

師

吉田一穂

よしだ　いっすい
詩人、評論家、童話作家
1898年、北海道生まれ。本名：由雄《よしお》

ある時、先生がこう仰った。

「女に小説は書けないよ。女はいつも自分を正しいと思っている。そしてその正しさはいつも感情から出ている。だからダメなんだ」

他はわからなかったけれど、その言葉だけは身に沁みたんです。なるほど、自分を顧みると、私にはそういうところがある。

感情でものごとを決めるから、何でも自分を正しいと思っているところがあることに気がつきました。

客観性を身に付けること。客観性、客観性。そこから始めなければならないことに気がついたのでした。作家としての性根が入ったのは、吉田先生のお蔭だと思っています。


（『それでもこの世は悪くなかった』文藝春秋）

写真提供：佐藤愛子氏

中学時代に文学を志し、早稲田大学在学中、同人雑誌に発表した短歌が認められる。実家の火災で学資が途絶えたため、大学を中退。その後、童話や童謡を多く書いたほか、『日本詩人』などに詩や詩論も書く。

北原白秋に認められ、『近代風景』に詩や評論を発表。また春山行夫らの『詩と詩人』同人となり、昭和初期の現代詩確立に寄与した。

１９３２年、『新詩論』を創刊。戦争中は絵本の編集長として勤務。戦後は『反世界』を創刊。孤高の立場から純粋詩を守った。

詩集『海の聖母』『未来者』『白鳥』などが代表作。

１９７３年、74歳で没。

三畳間から天下を睥睨《へいげい》する

私の人生を回顧するとき、最大の幸福は何といっても加藤武雄、吉田一穂のお二人にめぐり会えたことだと思う。このお二人から与えられた力によって私は挫折せず、希望を失わずにここまで来られた。吉田先生の難解きわまる詩論に私は手子摺《てこず》ったが、しかし吉田先生の価値観から吸収したものが、その後の私の人生の背骨を作っていることを感じるのである。

吉田先生は純粋でデリケートであると同時に、潔く単純な人柄だった。美しいものはいい、美しくないものは悪い。実にはっきりしていた。

ある人が酒席で、酒に酔わない薬というものをとり出して飲んだというので、吉田先生はひどく憤慨し、

「酔うのがいやなら酒を飲むな。酔わない薬を飲んでまで酒を飲むとはなんたる女々しい奴だ」

単純にして明快な断定が下された。中途半端。曖昧。妥協。保身。そういうものを

断平排斥して、常に貧しく誇り高く潔く、机ひとつと火のない火鉢しかない三畳の玄関の間から天下を睥睨《へいげい》しているという趣だった。

吉田先生のもとへ行っては、私は力づけられて帰って来た。自分の書くものが認められなくたっていいんだ、世間に認められるために書くんじゃない、それは生きるためなんだという気概に満ちて帰ってくる。

吉田先生に女性の弟子がいないのは、頭ごなしの独断毒舌に堪えられる女性はいなかったからであり、もうひとつは先生の家ではなぜか、便所を貸してもらえなかったからだといわれている。用を足したいと申し出ると、「庭でしろ」といわれる。庭の柿の枝に旧式の手洗い用器と手拭いがぶら下っていて、用を足した者はそれで手を洗って座に戻るのである。女性が行けるわけがない。私が行けたのは五時間はもつという特大膀胱（？）のおかげだった。

（『淑女失格』日本経済新聞社）

魅力ある人

私が敬慕する大詩人吉田一穂《いっすい》先生は、何かというと馬鹿野郎呼ばわりをする人だった。はじめて先生を訪れた時、私は、

「女にものは書けないよ」

といわれてドギモを抜かれた。

「いつも自分を正しいと思っている奴に、ものが書けるわけがないんだ……」

その言葉は私の中に雷鳴のように響き渡り、私は稲妻に串刺しにされた思いだった。以来、私は先生の罵言《ばげん》をどれだけ聞いたかしれない。それは激しく、情熱的で、ムチャクチャだった。

「ツクダニ弁当食って育ったようなヤツに美しいものがわかるか！」

「あんなツラでいいものが書けるわけがない！」

とか、たいていの女性はその乱暴な独断に驚いて、二度と門をたたく気を失ってしまう。

「俺もお前《めえ》も貴族だからな、そのつもりでやれ」といわれて、私は呆気にとられた。「精神の貴族たれ」といわずに「俺もお前も貴族だからな」と断定的にいう。

その先生は、ある人の話によると、敗戦後のある時期、シャツの代りに新聞を着込んで、

「君、新聞というものは寒いものだね」

平然たるものであったという。つまりそこが貴族たるゆえんなのである。

その頃、吉田先生の家にはスピッツ系の雑種犬が一匹いた。犬は玄関を開けたところの土間にいて、先生は土間を上ったところの三畳にいつも坐《すわ》っておられた。つまり、犬と先生は古障子を隔てて相対しているのだ。

私が行くと、犬は吠え立てる。先生は怒って犬を制する。それでも犬が吠えるのをやめないので、ますます怒って犬を罵倒《ばとう》する。

この駄犬にはほとほと閉口しているのだ、こんなものがいるために、俺はどれだけ苦労しているかわからないと、口を極めて罵《ののし》る。

どんな目に遭っているのかと訊《き》くと、朝、昼、晩と一日に三度も犬を散歩に連れ出さねばならぬのだといわれる。

「三度もですか」

と私は驚いた。

「なにも日に三度も散歩させなくてもいいじゃありませんか」

すると先生は顔をしかめ、いまいましげにいわれた。

「しかしね、一日中、繋《つな》がれているんだ。連れ出してやらなくては、可哀想でなア」

優しい心とはこういう心なのだ、と私は思う。コンチクショウ、くたばりやがれと罵りながら、犬のために日に三度も表を歩く。カンカンに怒りながら、行かずにはいられない。「行かずにはいられない」その気持がまた腹立ちを呼び、犬に怒りながら街を歩く。

その頃、先生の家には二歳になるお孫さんがいた。寒い朝、先生はねんねこにお孫さんをおぶって犬を連れて散歩に出る。

「全くかなわないんだ。雨が降ってるんで俺は傘をさしている。右手に傘、左手は犬を連れている。背中は孫だ。それで歩くと孫は右へ行けというし、犬は左へ行けという。勝手なことばかりいいやがって、俺は全く困るんだ……」

先生はしかめ面をして怒っている。

「先生、あの犬は何歳ですか！」私が問うと、

「十一歳！」

腹立たしげな返事が返って来た。まるで十一年間も犬のためにひどい目に遭って来たんだ、といわんばかりの。

人生とは、己れのうちなる矛盾を生きることだとこの頃身に染みて思うようになった。魅力ある人とは、その矛盾を矛盾のまま、いつまでも内蔵している人だ。しかしたいていの人間は矛盾を生きることの辛さに耐えられなくて、矛盾を削り、整理し、わかり易くスッキリと筋を通して生きようとするのである。

エゴイズムと優しさの相剋《そうこく》の中から、人間味が溢れ出て来る。人に理解されるもよし、されぬもよし。そういう人に、私は憧れる。

（『楽天道』文春文庫）

先生の怒号

当然来るべきものが来た。夫の会社はつぶれたのである。倒産額は二億という、昭和四十二年の年の暮、その時としては途方もない額だった。あまりの途方のなさに私は呆気にとられただけで、却って実感がなかった。絶望もせずノイローゼにもならなかったのはそのためである。子供の時からの算数バカがこういうところで効能を上げたのかもしれない。

そのうちに債権者たちに寝込みを襲われるようになって、漸《ようや》く事態の苛烈《かれつ》さが実感されてきた。

私たちは怒濤《どとう》に揉まれる難破船さながら、まわりには債権者が犇《ひし》めき、救助の船は波の高さに近寄れない、というよりも、はっきり私たちを見捨てた。

夫は朝早く家を出て行ったきり、帰りは深夜か、あるいはどこにいるのか外泊したまま連絡もなかった。債権者が訪ねて来て彼はどこにいるかと詰め寄っても、わからないものはわからないというしかない。

私は吉田一穂先生を訪ねた。貧乏を誇っている先生に窮状を訴えたところで何の足しにもならないことはわかっていたが。

「先生、夫の会社がつぶれました」

いきなり私はいった。一瞬先生はポカーンとした顔になり、それからみるみる真赤になって怒鳴った。

「Tの馬鹿野郎が！　馬鹿野郎！　馬鹿野郎！」

破れ鐘のような怒号を聞くと、どっと涙が溢れ、私はワンワン声を上げて泣いた。私が泣くと先生の「馬鹿野郎」の声はますます大きくなり、恰《あたか》も「馬鹿野郎」と泣き声との競演といった様相を呈したのである。

吉田先生は詩人であったから「馬鹿野郎」という以外に、何のアドバイスも出来なかったのだ。だが先生のその怒号はどんなアドバイスよりも同情よりも私の孤独に染み入って、私を泣かせ、私を慰めたのである。

（『淑女失格』日本経済新聞社）

師　臼井栄子

うすい　えいこ
整体指導者
１９１４年生まれ。

臼井先生はその頃五十歳余り、女性としてあらゆる苦労を越えて整体操法の第一人者になられた方である。

「佐藤さん、苦しいことから逃げようとするとますます苦しくなりますよ。こういう時は逃げないで、その苦しいことの中に居坐《いすわ》ってしまいなさい。そうしたらいっそ、らくになります」

この時の臼井先生の言葉は「神の言葉」だったと私は思う。

臼井先生は私の人生を支えて下さった最大の恩人だと思っている。その後の苛酷な年月を、私は臼井先生の力添えで元気よく生きることが出来た。

臼井先生は今年七十六歳、今尚、私の人生の師である。

（『淑女失格』日本経済新聞社）

写真提供：桂山玲子氏

30歳ごろに野口整体の創始者である野口晴哉《はるちか》に師事。１９７６年５月の箱根講習会（最後の地方講習会）で、整体協会における唯一の最高位九段位を授与された。

野口は同年６月22日に65歳で逝去したため、自分亡き後を予見し、臼井栄子に後を託したような段位授与だった。本部道場での整体指導も任された。

その後協会を引退したが、古いつきあいの方にのみ個人指導を続け、志賀直哉や佐藤愛子の操法（体を整える）をした。佐藤愛子と『文藝春秋』２００４年９月号で対談（「日本人の心とからだの話」）。佐藤は「私の元気の半分は臼井先生に作っていただいたもの」と語っている。

２００５年３月25日、91歳で没。

私が縋《すが》った言葉

私の夫が経営していた会社が倒産し、その倒産額は二億だという。二億と聞いてもびっくりしなかったのは、当時（昭和四二年）の私の金銭感覚では捉《とら》えられない、殆《ほとん》ど天文学的数字だったからである。

ウソだろう。間違いだろう――。そんな感じだった。

そのうちジワジワと実感がきた。この家は四番抵当まで入ってるとか、今に借金取りが押しかけてくる、中には暴力団まがいもいるなどと聞くと、さすがの私もキモが潰《つぶ》れて、身体から力が抜けた。

たまたま倒産と聞いた二日後に、小学校の同窓会が開かれることになっていた。私はあらかじめ出席の返事を出していたのだが、出席するどころか、気持も身体もヘナヘナになって動けない。それでとりあえず臼井先生のところへ行って身体を調節してもらおうと考えた。

すると先生はいつものように私の背骨を触った後、こういわれたのだ。

「佐藤さん、何があったんですか。いつもと身体が違いますね」

それでかくかくしかじかと倒産の顛末《てんまつ》を話したところ、先生は静かに穏やかにこういわれた。

「佐藤さん、苦しいことがきた時に、そこから逃げようとするともっと苦しくなりますよ。いっそ苦しいことの中に坐《すわ》りこんでそれを受け止める、その方がらくなんですよ」と。

「ですからね。今日これから同窓会へ行きなさい。大丈夫です。行っていらっしゃい」

その言葉が私の人生を決めた。その方が「らく」という言葉に、恰《あたか》も溺れる者が、投げられた浮袋に取りつくように、忽《たちま》ち私は縋《すが》った。誇張ではない。私の人生はその言葉から始まったのだ。


（新装版『そもそもこの世を生きるとは』リベラル社）

遠藤周作

えんどう　しゅうさく
作家
1923年、東京生まれ。

遠藤周作さんはよく、

「君はなんぼ苦労しても、苦労が身につかん女やなア」という。仕方なく私は答える。

「そうかなあ、エヘヘ……」

私はどんな同情や説教よりも「ただ面白がる」遠藤さんによって慰められる。

「今度からオレに相談せえ」と遠藤さんはいい、私は「うん」というが、相談してもその通りにしたことがない。多分、私につける薬はないのである。どんな薬を持ってきても私には効かないのだ。遠藤さんにはそれがわかっているのだろう。薬が効かないとなれば、病人の手をただ握ってやるしかない。遠藤さんはその握り方を心得ている人なのだ。


（『淑女失格』日本経済新聞社）

写真提供：佐藤愛子氏

幼年期を旧満州大連で過ごし、神戸に帰国後、12歳でカトリックの洗礼を受ける。慶應義塾大学仏文科卒。フランス留学を経て、1955年「白い人」で芥川賞を受賞。

一貫して日本の精神風土とキリスト教の問題を追究する一方、ユーモア作品、歴史小説も多数ある。

1958年に『海と毒薬』で第5回新潮社文学賞および第12回毎日出版文化賞、1966年に『沈黙』で第2回谷崎潤一郎賞、1980年に『侍』で第33回野間文芸賞など数々の賞を受賞。

1996年、73歳で没。

おもろうて、やがて悲しき――追悼　遠藤周作

笑うのが好き

遠藤周作さんは人を笑わせるのが好きな人だったが、笑う方はもっと好きだった。彼のいたずら電話は有名だが、見物人がいるわけではないから、笑うのは彼一人である。いたずらされた方は笑うとしても苦笑程度で、「困った人ねぇ……」くらいですんでしまう。欺《だま》されておいて腹を抱えて大笑いする人はまずいない。

遠藤さん一人が大笑いして喜んでいるだけだ。中には怒る人もいるが、遠藤さんは「怒りよった……」とそれも面白がった。

ある日、私が机に向っていると傍の電話が鳴った。

「もしもし、佐藤さんでッか。佐藤愛子さんおられるでしょうか」というダミ声は東北訛《なまり》である。

「はい、佐藤愛子は私ですが」

「あ、そうでシか、そうでシか。あの、いきなりでナンですけど、ひとつわたしと結婚してもらえんでしょうか」

丁度その頃、私はある雑誌に「三人目の夫求めます」というふざけた文章を書いて、それが出たばかりだったので、それを読んだ人からだとすぐに思った。彼は自分は妻を亡くし、子供が五人いる。それでもよかったら結婚してほしいといったのだった。

「けったいな男やなあ」と思いつつ私はいった。

「では、履歴書を送って下さい」といったのだった。

「履歴書ね。ハイ、わかりました。履歴書は毛筆でシか、ペンでシか?」

「どちらでも結構です」

電話を切り、おかしな親父もいるものだと思いながら、原稿のつづきに取りかかった。と、間もなくまた、電話が鳴った。

「オレや、遠藤や」

「あ、遠藤さん。こんにちは」

「ちょっと前に君のとこへ電話かからなんだか?」

「ああ、かかったわ。けったいなおっさんから」

「あれ、オレや」

「えっ?」

「オレや……、オレ……」

「なにィ……」

私は絶句し、遠藤さんはこれ以上ないという嬉しがりようだった。

「しかし君はよう、コロコロと欺《だま》されるなァ」

と遠藤さんはいった。

「何べん欺されても懲《こ》りるということがないなぁ……」

と殆《ほとん》ど感心していた。欺しているのは自分なのに。

「欺される奴はそりゃなんぼでもいるよ。けど『履歴書送って下さい』とはなあ。そこまでいう奴はおらんで……」

「けど、わたしだって本気でいうたんやないですよ」

「わかってる。好奇心やろ」

「その通り」

「そこが君のおもろいとこや」

と遠藤さんはいった。遠藤さんは女流作家のSさんに、東北から家出してきた女の子だといって話をかけたことがある。

「今、上野駅からかけてるんですけど、行く先がないので置いてくれませんか、というたら、ケンもホロロに断りよった」

と怒っていた。だがそれが常識であって怒る筋合はないのである。だが遠藤さんはその返事では笑うに笑えないのが不服だったのだ。しかしSさんも電話の主を遠藤さんだとは気づかずに、本当に東北の家出娘だと思ったらしい。遠藤さんは実に七色の声を出す人だった。

「その点、君はええ。意表を突いてくれる」

といった。べつに意表を突こうとしているわけではないが、そうなってしまうのだというと、「そこがエエのんや」といった。

遠藤さんが喜んで笑うと私も何だか愉快になってきて、欺されたウラミを忘れて一緒になって笑ってしまう。

私はすぐに憤激する人間で、「君のエッセイ読んでると、憤激とか憤怒とか激昂とか、カッとなったとか、勘定したら一つのエッセイに五つくらいは必ず出てくるな」とよくいわれた。

「君が怒るのは勝手やが、シャモが喧嘩して砂蹴散らすみたいにオレに砂かけるのやめてくれよ」

私が怒っている時の遠藤さんのあしらい方は軽妙で、いつも私は笑い出して怒りは消えた。

遠藤さんのスピーチ

六年前、私の娘の結婚が決まり、その披露宴での祝辞を私は遠藤さんに頼んだ。

「よっしゃ、してやるよ」

と遠藤さんは引き受けてくれたが、

「スピーチに松、竹、梅と三段階ありますがね？　どれにしますか？」

と早速ふざけた。

結婚披露宴というのは総じて退屈なもので、その退屈の原因は来賓のスピーチにあると私はかねがね思っていた。

娘の嫁ぎ先は実業畑の真面目で常識的な人たちが揃っているから、祝辞は自然真面目でしかも長々しいものになった。宴席に料理が運ばれ、それを食べながらスピーチを聞くのであるから、あまり長いと皿の音やら私語やらでザワザワしてくる。

そこで私は末席からメインテーブルの遠藤さんにメッセージを送った。

――つまらんから面白うしてちょうだい。

すると遠藤さんから返事がきた。

「ナンボ出す?」

そのうち遠藤さんの祝辞の番がきて、遠藤さんはマイクの前に立った。そしていきなり大声で叫んだ。

「みんな、メシを食ってはいかん!」

一座はびっくりしてシーンとなる。その途端に傍らのテーブルから北杜夫さんがいった。

「酒は?」

「酒は飲んでよろしい……」

わーっと笑い声が上がって私は嬉しくなった。

「小説を書く人間はみな、おかしな人であります」

遠藤さんのスピーチはそんなふうに始まった。

「ここにいる北杜夫もおかしいし、河野多恵子さんも中山あい子さんもみなおかしい。その中でも一番おかしいのは今日の花嫁の母、佐藤愛子さんであります。杉山さん（婿さんの姓）。これからこの人をお母さんと呼ぶのは大変ですぞ」

人が笑う。しかし遠藤さんはニコリともせずにつづけた。

「私は昔、中学生であった頃、電車でよく会う女学生であった佐藤愛子に憧れ、何とかして彼女の関心を惹こうとして、電車の吊り革にぶら下がって猿の真似をしました。そうしてバカにされたのであります……」

例によって例のごときデタラメである。

「今思うと私は何というオロカ者であったか、あんな猿の真似をしたりしなければ、今日はこの披露宴の父親の席に坐っていたと思いますが……」

爆笑の中で遠藤さんはいった。

「最後に私から花婿にお願いがあります。どうか佐藤愛子さんを、この厄介な人をよろしくお頼みします……」

普通ならばこういう時は「愛子さんの大事な一人娘をよろしく」というところだ。おふくろをよろしく、というのは聞いたことがない。私はジーンときた。遠藤さんはやっぱり私のことを心配してくれていたのだ。それがはっきりわかった。

だがその後、遠藤さんは手洗いに立ち、末席の私の傍らを通りながら、

「おい、七千円やぞ、七千円……」

といって出ていった。ジーンときていた私は忽《たちま》ち我に返って、

「七千円は高い……」

と早速いい返したのであった。

遠藤さんは驚くほど沢山の友達を持っている人だった。文学関係、出版関係、宗教関係、医療界、音楽界、実業界。その多くの友人の中で私は遠藤さんには何の役にも立たない、端っこの友人に過ぎなかった。あえていうならば私は遠藤さんの「気晴らしの友」「珍奇な友」だった。

遠藤さんが亡くなった後、私は色んな人から慰めの便りや電話を貰った。その度に私はいった。

「ふざけているだけの相手のようだったけれど、私は頼りにしていました。がっかりしました……」

だがこの「頼り」というのは相談に乗ってもらったり、激励してもらうことではな

かった。私の失敗を大笑いしてもらうことだった。これからはどんな失敗も、もう一人で背負うしかない。

「遠藤さん、いろいろ有難う」というよりも、

「遠藤さん、どうしてくれる……困るやないの……」

としか私にはいえない。


(『気がつけば、終着駅』中央公論新社)

川上宗薫

かわかみ　そうくん
作家
1924年、愛媛生まれ。本名：宗薫《むねしげ》

川上宗薫は私より一つ年下で、親友というより弟分といった関係だった。彼はたぐい稀な女好きで、そのことを書いて流行作家になった。月産千枚を誇っていたから、必然的に女出入りも激しくならざるを得ない。毎夜銀座のクラブへ行ってこれと思うホステスにワタリをつけ、そのいきさつを小説にしていた。私はよく彼にいったものだ。「川上さんは趣味と実益を兼ねてるからいいわねえ」と。

そんな時（ふられた時）宗薫さんはよくそのいきさつを私に報告した。表で虐《いじ》められてきた男の子が、姉に訴える。すると姉がいう、

「なにやってんのよ！　呆《あき》れるより笑えてくるわ！　まったくおかしい人ねえ！」

そういって大笑いされると、そうだ、これはおかしな話なんだ、と思えてきて却って弟の傷口は癒えたのかもしれない。

（初出『ゆたか』二〇〇七年夏号、『お徳用　愛子の詰め合わせ』文春文庫に収録）

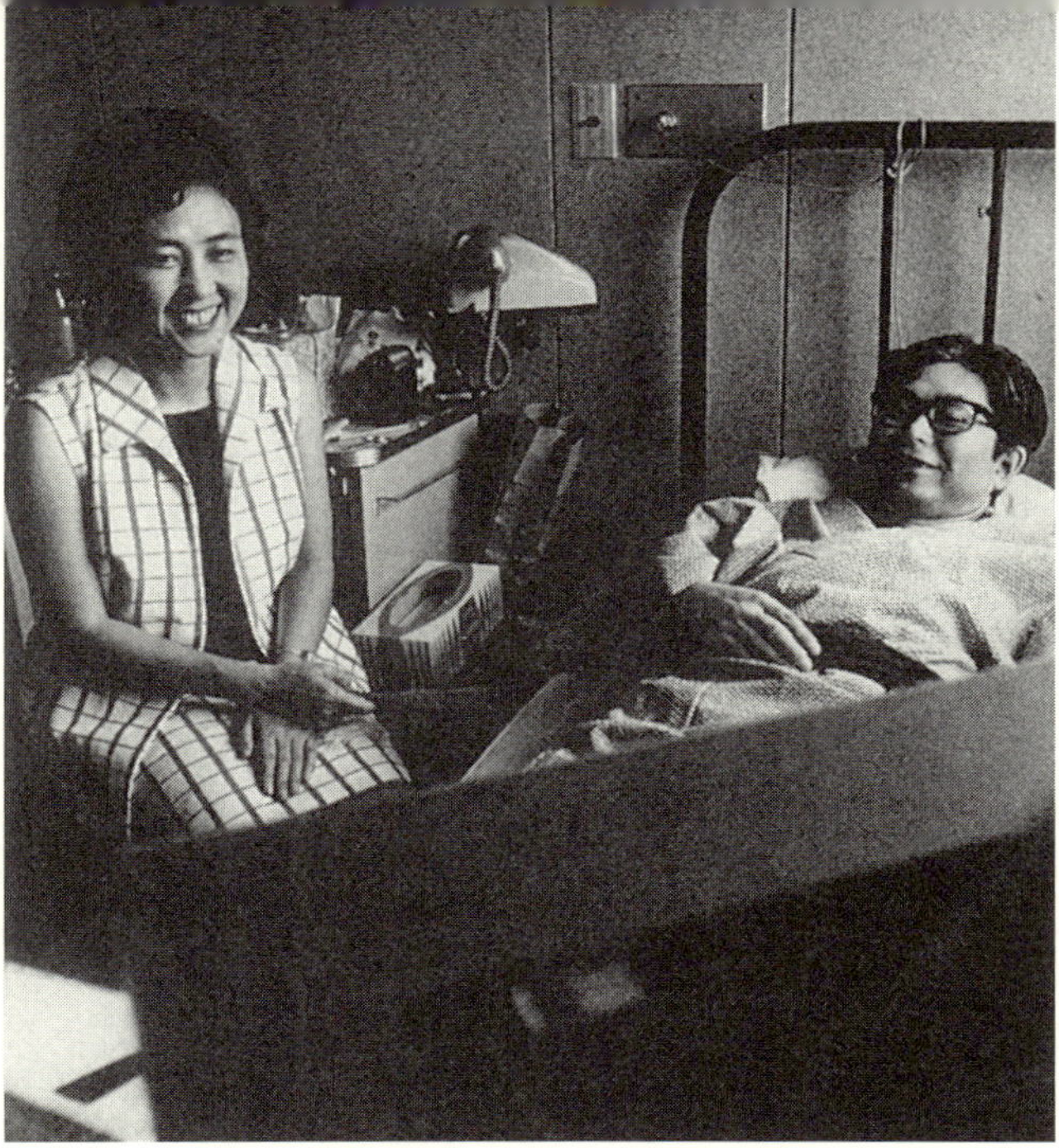

写真提供：佐藤愛子氏

九州大学文学部英文科卒。高校の英語教師のかたわら『半世界』などに作品を発表。『その掟』などが芥川賞候補5回。

友人の水上勉とのトラブルから文芸誌から遠ざかる。61年から中・高校生向けのジュニア小説を数多く発表。

66年から官能小説の分野に進出。大胆な性描写で人気を博し、官能小説の巨匠として『誘惑の午後』『女歴』『色狩り』『悦惚の裏』など数々のベストセラーを生んだ。「失神派」「失神小説」なる言葉が一世を風靡する。ドキュメント小説『死にたくない！』が遺作。

母と2人の妹を長崎原爆で喪うが、その体験についてほとんど書くことはなかった。1985年、61歳で没。

ああ、川上宗薫

川上宗薫が亡くなって今年で二十年になる。宗薫と私は親友だった。宗薫は女と見ればば見境もなく口説く男として知られていたが、佐藤愛子だけは口説かなかっただろうという通説（？）があった。中山あい子は私の最も親しい女友達だったが、彼女も、「いや、口説いてない。それはない！」と力を籠めていっていたそうだ。

ニイチェは男と女の友情は、どちらかがその性を放棄した時のみ成り立つ、といった意味のことをいっている。佐藤は女の性を失っているから、宗薫と友達になれたのだと彼女は思っていたのだろう。

だが実をいうと宗薫は一度、私を口説いたことがある。その時私は、「ダメよ、だって宗薫とじゃ近親相姦みたいになるから」

といったのだが、宗薫は尚も喰い下る。そこで、私はキレた。

「なにいってるの、あたしはそんじょそこいらの簡単な女とはちがうのよ！」

鎧袖一触《がいしゅういっしょく》というあんばいで宗薫は、

「そうか……」
と引っ込んだ。
この「そうか」は何ともいえず面白かった。ふられ馴れてるというか、円熟の一言といおうか、「柳に突風」の趣だった。私はそんな宗薫が好きなのだった。

中学生の頃宗薫は、鼻のアタマがテラテラ光ることを気に病んで、毎朝登校前に鏡の前でバニシングクリームを塗って出かけた。バニシングクリームは塗ると薄く白粉を刷《は》いたように白くなるクリームだ。しかしクリームの効目は一、二時間しか保《も》たないので、メンソレータムの小さな空罐《あきかん》に入れてポケットに忍ばせ、休み時間に大便所に入って化粧直しをした。クリームはよくつく時とつかない時とがある。そんな時彼は、自分は女にもてることはない男だと思って、世の中が暗くなる思いをしたという。

当時の中学は男女共学でなかったから、女子生徒はいない。いったい誰のために鼻のテラテラを消さなければならなかったのか、そう訊くと宗薫は少し考えてから、

「とにかく、そういう奴だったんだな、オレは」

といった。彼はとてつもなく正直な人で、言葉はいつも正確だった。彼がああのこうのと分析したり、意味づけをしたことはない。すぐ「わかった気」になって、解釈することはなかった。

「とにかく、そういう奴だったんだな、オレは」

という答《こたえ》はまことに正確だ、と私は思う。宗薫という人は「とにかくそういう奴だった」というほかない人だった。


十月十三日は宗薫の命日である。

その日、彼を愛した友人が八人ばかり集って、宗薫を肴にする食事会があった。彼ほど肴になり易い人はいない。食っても食っても飽きない、天下一品の肴である。死んでしまったから肴になるのではなく、生きて、その場にいても平気で肴になる人だった。本来なら隠すべきことを隠さない。みんなと一緒になって自分を肴にして楽しんでいた。

「正直に自分のありのままを出すのが一番らくなんだ。それに気がついたからそうすることにした」

といったことがあった。食べ物にしろ女にしろ、彼が欲望を抱くとすぐにその目に現れた。それで女に甘く見られた。だが甘く見られていることに気がつかないわけではない。それはそれとして受け容れ、そうしてあくまで欲望を遂げるべくつき進んだ。たとえ甘く見られていても、「ヤレ」さえすればいい。そこが彼の真骨頂だった。

ある時――それは考えてみると今からもう四十年ほども昔のことになるが、宗薫は見るからに安モノの、いやに光る薄紫のストローハットをかぶってやって来た。

「なに、そのシャッポ」

出迎えた玄関先で早速、私はいった。

「おかしいかい？」

といいつつ帽子を脱ぎ、

「そうかなァ……」

といってしげしげ眺める。

彼が我が家へ来ようとしてその帽子をかぶって電車に乗っていると、見るからにヤクザ者といった感じの若い男が乗って来て、車内が混んでいるものだから、宗薫が坐っている対面型の椅子の肘かけに厚かましく尻を載せた。気の弱い彼が、「こりゃヤバイ」と思った時、ヤクザはいった。

「おじさん、いい帽子かぶってるじゃないか」

宗薫は何もいえず俯いて黙っている。するとヤクザはヒョイと帽子を取って自分の頭に載せ、口笛で、「あの娘《こ》かわいやカンカンむすめ……」のメロディを吹いた。宗薫は身じろぎもせず、自分の膝頭を見詰めたまま口笛を聞いていたという。その一時、周りの乗客はどんなふうだったかと訊くと、

「それどころじゃないよ！」

と宗薫は声を荒げた。

「そんなもの目に入るかい！」

何番目かの駅に電車が止《とま》るとヤクザは自分の頭から帽子を取って、宗薫の頭にヒョ

イと載せて降りて行った。

「何もいわずに？」

「うん……ほっとしたよ」

「羞《はず》かしくなかった？」

「羞かしいなんてもんじゃないよ、怖《こわ》かったよ」

「怖かった？　どうして？」

「次に何をされるかと思うと生きたそらなかったよ」

私は笑いこけた。

「なにがおかしいんだ」

と宗薫はふくれ面になったが、どうやら私が笑うことで彼の気持《きもち》は軽くなるようだった。

「愛子さんはオレが失敗すると喜ぶんだなあ」

と彼はいった。

「だがね、笑ってくれると気が晴れるんだよ」

そうして彼は長崎の高校で英語の教師をしていた時、アメリカ兵のオンリーに手を出した時の話をした。

ある日、英語の授業中、ふと校庭に目をやると、かのオンリーがアメリカ兵と一緒に校庭を横切ってくる。途端に授業は上の空になり、自分が何をいっているのかわからなくなった。頭にあることは、どうして逃げるかということだけである。早く終業のベルが鳴らないかとそればかり待っていた。

だがベルが鳴った時、早くも二人は廊下に立っていた。そうなると教室から出たくない。だが、教室から出ずにいる理由もない。仕方なく出て行った。女とアメリカ兵が近づいて来る。教室の廊下側の窓は生徒の顔が鈴なりだ。皆、川上先生がアメリカ兵と流暢《りゅうちょう》に交《かわ》すであろう英会話を聞こうとしているのである。

アメリカ兵は宗薫に向って何やら話しかけた。だが宗薫には何をいっているのかさっぱりわからない。言葉はわからないが見当はつく。宗薫とオンリーとの関係を詰《なじ》っているのだろう。仕方なく宗薫はいった。

「アイムソーリー」

それから、

「ザッツ……」

といった。そして口をつぐんでジーッとアメリカ兵を見た……。


ここで私は訊いた。

「ザッツ？　関係代名詞？」

「うん」

「なぜそこで黙ったの？」

「わからねえんだよ」

「なにが？」

「なんていえばいいのか……」

「先生なのに英語がわからないの？」

「何もかもわからなくなったんだ」

アメリカ兵はなにやらまくしたてる。宗薫は呆然と立っている。女が片言のオンリー言葉でなにやらいい、やがて二人は諦めたように帰って行った。

「生徒はどう思ったかしら?」と私がいうと宗薫は「わけがわからなかったんじゃないか」といった。

「失望したんじゃないの、ありゃインチキ教師だ、なんて悪口いってたかも」

というと、

「そうだろうなァ……」

といった。そういってから、宗薫は急に愉快そうな顔になっていた。私が面白がって笑うので、彼の古傷は癒えたようだった。

私たちが知り合ったのは、宗薫が東京へ出て来て、柏《かしわ》市の定時制高校の英語教師をしていた頃だ。その頃、彼は既に「群像」に小説が掲載され、芥川賞候補にもなったことのある新進作家だった。

一方私の方は同人雑誌でオダを上げているだけの薹《トウ》の立った文学少女であったが、

川上宗薫の名は知っていたし、群像に出た「傾斜面」を読んでその才能を買ってもいた。同じ柏市にいた文学仲間の日沼倫太郎《ひぬまりんたろう》が宗薫と知り合い、この次の我々の同人誌の会には彼を連れてくるといったので我々は緊張気味で「川上宗薫氏」の来場を待った。

しかしその初めての対面で、宗薫は我々に失望——というか、親しみというか、とにかくたいして畏敬する必要はない人物である、という認識を持たせた。彼は面白くもない冗談や駄洒落を連発したので、私は後で、

「高校生向きのあの駄洒落はやめてほしいわね」

などと陰口を叩いた。

それは私が三十を一つ二つ越え、宗薫は（一つ下だから）三十を過ぎて間もないという年だったと思う。会ってすぐに私は宗薫を甘く見るようになった。そして宗薫の方は「甘く見られること」に却って居心地のよさを感じたようだった。それ以来私たちは毎日のように電話でらちもないことをおしゃべりし、その上始終会うようになった。宗薫はいつも銀座アスターのラーメンを奢《おご》ってくれた。私には田畑麦彦という夫

がいたが、宗薫と私はいつも彼の悪口をいっていた。宗薫は彼をボンクラと呼んだ。それは親しさの表れであると同時に、ボンボン気質で観念的でうぬぼれが強く、しかもそういう自分に全く気づくことのない田畑へのじれったさと優越感がないまぜになっていた。私もそれに同調していた。私たちは気が合っていた。私たちの友情は漫才のボケとツッコミのバランスの上に成り立っていた。

その頃、柏市の定時制高校で宗薫が教えていた生徒に酒屋の娘がいた。定時制であるから普通の高校生と違って社会に出て働いている者もいるし、年をくっているのもいて、おとなである。

宗薫は酒屋の娘の英語のテストの点数を、実際よりもオマケしてつけてやった。確か六〇点くらいのを二〇点増しにしたのだったと思う。その二〇点に彼は自分の気持を籠めたのだ。すると酒屋の娘は答案用紙を持って彼のところへやって来た。

「先生、この採点、間違ってませんか?」

と答案を指さした。その時の宗薫の顔が私の目には浮かぶ。彼の目は丸くなり口を結んだままキョトンとした感じになったにちがいない。

その後、彼は酒屋の娘にキスをした。すると彼女は担任の教師にいいつけた。担任は正義感に燃える青年で、教育委員会に諮《はか》る、といい出した。

晩秋の夕方、宗薫は酒屋を訪ね、娘を呼び出した。酒屋の裏は原っぱである。そこで宗薫はきり出した。

「ぼくには妻もあり、子もいる（私はそこで噴き出した）。ぼくが職を奪われたら家族は路頭に迷うんだ」

そして彼は原っぱに土下座した。

「どうかぼくを助けて下さい……」

とつい丁寧語になったという。娘は可哀そうに思って正義の教師に事を表沙汰にしないように頼んでくれ、宗薫はことなきを得た。

そんな一部始終を語ると宗薫は笑いこけている私を見て、

「君の心ひとつでぼくの家は壊れもし、救われもするんだ、なんていっちゃってさ」

機嫌よく人ごとのようにいって面白そうだった。

その時からの三十年余りのつき合いのうちに、宗薫は次第に情事を描かせたら右に出る者はいないといわれる流行作家になっていった。掘っても掘っても湧き出る原油のように、それまでの彼の経験が出てくるようだった。彼は昼のうちに小説を書き、夜になると必ず銀座のクラブへ出かけていった。以前は新宿だったのが、今は銀座である。それは宗薫がカネモチになったことの証明だった。昔はトリスのポケット瓶を放さなかった彼が、今はレミイマルタンしか飲まなくなっていた。

銀座へ行ってホステスを口説くことを彼は「取材」と称していた。川上さんは趣味と実益を兼ねてるからいいわね、と私はにくまれ口を叩いた。

ある時、宗薫はパーティで城山三郎氏に出会った。そのことを宗薫は私にこういった。

「城山三郎にいわれちゃったよ。『川上さん、あなたも以前はいい小説を書いていましたがねえ』って……」

宗薫は私が何かいって笑うのを待っていたのだろうか？　だが私は笑えなかった。「至言だ」という思いが私にはあった。私は「ふーん」としかいえなかった。

私たちは二人とも城山さんは真直な人だと思っていた。だからその言葉が皮肉や軽侮ではないことはよくわかっていた。それだけに彼の受けた傷は深かっただろう。

それでも彼は疲れを知らぬ肉体労働者のように、それが彼の天職であるかのように銀座へ通った。月産千五百枚を誇り、万年筆で書いていては間に合わないので口述筆記をした。そのためのお抱え速記者が雇われた。原稿は速記者が清書し、宗薫はそれに手を入れるだけである。

何が彼をそうさせるのか、私にはもうわからなかった。

「どうもねぇ、気が進まない女なんだよなア」

といいながら、時計を見て食事の席から中座して行くこともあった。気が進まない女になぜ手を出すのかと私がいうと、

「こういうことってあるだろ。目の前に菓子がある。べつに食いたくはないんだけど、見てるとつい手を出すってことが。ソレなんだよ」

約束していた女から断りの電話が入ると、思わずシメタという気持になることがある、と述懐したこともある。私は呆れて問い詰めるのをやめた。問うても彼には答えられなかっただろう。

「とにかくそういう奴なんだな、オレは」

というか。

昭和五十四年、宗薫は食道潰瘍《かいよう》の手術を受けた。実際はそれは初期の癌だったのだが、宗薫にはそれは知らされずに手術は成功した、もう何も心配はないとばかりに、彼は毎日ブランデーを飲み、美食を楽しみ、銀座へ出かけた。宗薫が潰瘍だと信じているので（いや、あれは癌だという人がいたが）、私は潰瘍だと信じていた。

五年後、宗薫の癌は淋巴《りんぱ》腺に転移した。その時は医師がはっきり宣告した。宗薫からの電話でそう聞いた時、私は、

「あなたは悪運が強いから大丈夫よ」

といった。そうとでもいうしかなかったのだ。初めて私は彼に「おざなり」をいっ

た。その思いが胸に閊《つか》えた。敏感な宗薫のことだから、私の「おざなり」を感じ取っただろうと思って気が滅入った。

だが後に私は彼が書いたものの中に、「愛子さんがそういってくれた」と私の言葉を記しているのを見つけた。彼は子供のように素直に私の言葉を受け取って、力にしていたのだ。

そこから私たちの関係は変った。もう前のように私は「自分が本当に思うこと」しかいわない友人ではなくなったのだった。

「宗薫を肴にする食事会」で、宗薫は十分、肴になった。食事の間中、宗薫のエピソード以外の話は全く出なかった。場所を替えて宗薫ゆかりのクラブへ行った後も、宗薫の話はまだつづいた。宗薫が泣き虫だった話、ケチんぼうだった話、かと思うと気前のよかった話、よく女に騙されていた話、しかし騙したことはなかったこと。そうして誰もが、宗薫のおかしさがしゃべってもしゃべっても尽きないことに改めて感心した。

私たちは夜更けの銀座裏を歩いた。宗薫が流行作家になるきっかけを作った（当時、小説現代副編集長だった）大村彦次郎さんは、また私に直木賞への道をつけてくれた人でもある。私は大村さんと並んで歩きながら、あまりに遠くなってしまったあの頃を思っていた。

「このあたりを毎晩、往き来していたものですよ、川上さんは」

と大村さんはいった。見上げるビルの壁にはあの頃と変らずクラブの名を印した看板が縦に並んでいる。

「変らないわね」

「しかし、なんだか寂しいな」

と大村さんはいった。

「あの頃はもっと活気があったでしょう」

そう感じるのはここはもう私たちには馴染みの場所でなくなったためかもしれない。

つわものどもが夢の跡、と私は呟いた。

「とにかく面白い人だったなァ」

「ああいうおかしな人は、もう出ないね」

と誰かがいうのが聞えた。こんな世の中ではああいうえらい人はもう出ないね、というように。

私たちはしみじみ「惜しい人を亡くした」と思うのだった。


（『新装版　まだ生きている』リベラル社）

北杜夫

きた　もりお
作家、精神科医
1927年、東京生まれ。本名：斎藤宗吉

さて、北杜夫さんは、これまた違うタイプの変人です。教養人というか、育ちがいいというか、その点が我々とは違います（笑）。お育ちのせいで、わりと常識を弁《わきま》えているところがあるんですけれど、そうかと思うと突如、非常識になる。その点で私たちは友達なんですね。躁《そう》うつ病の元祖とでもいうべき存在になりましたが、躁うつとは別に、品がありながら、やっぱりもともとはヘンな人種に入ります。

北さんは群れるということは、決してしませんでした。私たちが『半世界』という同人誌を作ったときも、北さんは、私や田畑と友達だから付き合ってはいたけれど、『半世界』そのものには入りませんでしたね。そういう点では、付和雷同しない、しっかりした自分の考えを持っている人でした。

（『それでもこの世は悪くなかった』文藝春秋）

写真提供：© 朝日新聞社／アマナイメージズ

旧制松本高等学校を経て、東北大学医学部を卒業。神経科専攻。

1960年、半年間の船医としての体験をもとに『どくとるマンボウ航海記』を刊行。同年、『夜と霧の隅で』で芥川賞を受賞。

その後、『楡家《にれけ》の人びと』（毎日出版文化賞）、『輝ける碧き空の下で』（日本文学大賞）などの小説、歌集『寂光』を発表する一方、「マンボウ・シリーズ」や『あくびノオト』などユーモアあふれるエッセイでも活躍した。

父、斎藤茂吉の生涯をつづった「茂吉四部作」により大佛次郎賞受賞。壮年期から躁うつ病に罹《かか》り、株の投資による破産も経験。

2011年、84歳で没。

端倪《たんげい》すべからざる――。

私が北杜夫さんと知り合ったのは、昭和二十五年の暮の頃である。結婚生活に破れ、作家にでもなるよりしようがないと（実に簡単に考えて）同人雑誌『文藝首都』に加入した、その初めての同人会で北さんを知ったのだ。

北さんは東北大学医学部の学生で、色白の気品ある風貌と、驚くほどのヨレヨレの学生服が奇妙に調和しているという青年だった。

敗戦の傷跡は癒えかけてはいたが、日本人の大多数が貧しかった時代であるから、誰もが戦火をくぐってきたような質素な服装ではあったが、その中でも北さんはひときわ異彩を放っていた。もとは紺色だったにちがいない上着の色が、紫ともドロ色ともいいようのない色になっていて、袖丈は縮んで袖口からニュウと手首が出ている。靴といえば、これじゃあ泥水が染み込んでしまうのではないかと思えるほどに履き古され、ドブ鼠さながら。

北さんの思い出を書けといわれると必ずこうなってしまうのは、いかにそれが強烈な印象だったかということである。そのうち、あのヨレヨレ男は齋藤茂吉のムスコであるという噂が流れ、えーっと我々は驚いたのだったが、北さんのヨレヨレは「大茂吉のムスコ」であるがゆえに忽《たちま》ち異彩が光彩に変ったのであった。

彼はまことに端倪すべからざる青年だった。当時の文学青年にありがちな気負いも衒《てら》いもなかった（その頃後藤明生《めいせい》さんが酔って私と川上宗薫に向って「君は文学に命を賭けられるか！」と叫ぶのを見て、私は困惑しながらふと北さんを思い出していた）。北さんには一途な文学への情熱はないように見えていた。情熱のほとばしりがふりかかってくるのを怖れるというふうが見えた。だが彼は自然体の人なのか、韜晦《とうかい》の中にもぐって己の孤高を守る人なのか、さっぱりわからなかった。

『文藝首都』は月刊の同人誌だったが、雑誌が発刊されると同人会が開かれ、同人たちが掲載された作品を批評する。そんな時、我々青臭い文学青年たちは躍起になって作品のアラ探しをしたものである。だが北さんが作品のアラをいい立てたという記憶は私にはない。たいていは黙っていて、感想を求められると当り障りのないことを述べていた。

それが妙に斜に構えているように見えて癪にさわったこともあったが、彼には他人の作品などどうでもよかったのだろう。彼は育ちのよさからくるもの静かな、紳士的な青年だったが、その内側に太い鋼《はがね》が通っていて、それは芸術家にとってはなくてはならない非情であり自信でありエゴイズムだったと私は思う。

私は北さんから作品を褒められた記憶がない。最近になって漸《よう》く一度だけ褒めてもらったが、それは『血脈』という私の一族の、情念の歴史を書いたものである。しかし彼が褒めたのは、そこに出てくる私の父の日記を引きうつした、その文体についてなのだった。


（初出誌不詳、『お徳用 愛子の詰め合わせ』文春文庫に収録）

愚弟——北杜夫

私には一人の賢兄と二人の愚弟がいて、賢兄は遠藤周作《えんどうしゅうさく》、愚弟は七年前（昭和六十年）に私を遺してあの世へ逝ってしまった川上宗薫《かわかみそうくん》と北杜夫である。

賢兄遠藤周作は私にとっては賢兄だが、少し賢い人から見たら、「どうしてあの人が賢兄？」と疑問に思われるかもしれないような賢兄である。賢い時と愚かな時とが入りまじっているという奇妙なお方なのである。

愚弟の方はこれは誰が見ても同感するであろう正真正銘の愚弟である。川上宗薫のことはさておき、北杜夫の方はどんな愚弟かというと、例えばここに一枚のハガキがあって、（消印は一九八〇年三月二十七日）その文面にはこういう文字が印刷してある。

いろいろに使える万能ハガキ

賀春

暑中、季節の変り目、寒中お見舞、

祝（悼）御誕生　合格落第
御成婚　御離婚
一層の御健勝をお祈り致します。

そうして布団《ふとん》の中で蛙《かえる》が寝ている絵があり、布団には「ＭＯＲＩＯ臥床中《がしょうちゅう》」と書かれている。

そんな印刷の文字、「季節の変り目」「お見舞」「一層の御健勝をお祈り致します」の三か所がカッコでくくられていて、鉛筆の添書がある。

「気っぷのいい女だけれどこわい愛ちゃんへ。
このところ御高著を次々と頂き、まことに有難く存じます。ただ何が書いてあるかヒヤヒヤし、小生のことがないとホッと致します。
厚く御礼まで。
北杜夫」

今ここに書き写しながら思ったことだが、これは愚弟というより、奇弟、珍弟とでもいった方がいいかもしれない。

私と北杜夫は四つちがいである。この十一月（平成四年）、私は満六十九歳になったから、北杜夫は六十五歳というわけだ。

まったく、長い間つき合ってきたものだ。そのつき合いの長さでは、私は北夫人よりも長い。

昭和二十五年十二月、『文藝首都』という同人雑誌の同人会でヨレヨレの学生服を着た北杜夫と会ったのが、この長いつき合いのスタートである。

彼はまことに白面の貴公子であった。その上父君は大歌人斎藤茂吉《さいとうもきち》先生であらせられる。

『文藝首都』の中では彼は容姿といい、物腰、言葉づかいの上品さといい、そして溢《あふ》れる才能といい、さながら鶏群《けいぐん》の一鶴《いっかく》ともいうべき際立った存在だった。

まさか四十年後には愚弟珍弟呼ばわりするような間柄《あいだがら》になろうとは夢にも思わなかったのである。

しかし日が経《た》つにつれて、この貴公子は折々「ン？」と人に思わせるようなところを垣間見《かいまみ》せるようになった。

例えばその風態《ふうてい》のヨレヨレ、靴のドタドタさ加減。敗戦後五年経った日本の群集の中でも、群を抜いており、いつもくたびれた手帖《てちょう》に五百円札を一枚だけ挟んでいて「これがぼくの全財産なんです」と言葉だけは上品丁寧なのであった。

『文藝首都』の会合の帰り、有楽町《ゆうらくちょう》の飲み屋で彼はパンパンガールの大姐御《おおあねご》にからんで逆に啖呵《たんか》を切られ、忽《たちま》ち降参して床の上にすべって転び、

「こわいよーッ、助けてくれェ、アイちゃーん……」

と悲しき声を上げ、私は彼をひっかついで逃げた。それくらい向こうは強そうだったのである。

つらつら考えてみるに、四十年のつき合いの中で、私は何かと彼のために尽力させられたが、彼から何かしてもらったことは一度もない。彼はそれに反論するかもしれないが、もしそうだとしたらそれは錯覚かデタラメである。

昭和三十一年、私は『文藝首都』の仲間であった田畑麦彦と結婚することになった。その時、北杜夫は甲府の精神病院に勤務していた。

彼は東北大学医学部卒のレッキとした精神科のお医者さんだったが、甲府の刑務所の近くの、陰気な精神病院に島流し同然の身となり、愚痴の葉書を始終よこしていた。そこには医師が二人しかいない。そのため我々の結婚式――いや、式なんて旧弊なものはしなかった。ただの披露宴だが北さんにも出てほしいというと、出たいが出られぬというこんな返事がきた。

「拝復。ハガキ頂き、なんとも恐縮です。

こちらは県の公務員で院長は病気でもう一人の医者まで胸がわるいといふことになり、とても休日など意のままにならぬこと御了承下されたし。行けるやうなら、用なくとも東京にゐますよ。

君らが希望ならテーブルスピーチ用の原稿をかいて送つてもよい。声のいい奴《やつ》によませろ。ただし、そのときは、小生の食事代一人分の二倍ほどの金がうく筈《はず》だから、それを原稿料として送ること。佐藤愛子のシーザー風（といふのはどんなのかわからんが）を見られぬのは心痛いが、パンティ一つなら、病院をあけて直行くらゐしたかも知れんのに。

（注　シーザー風といふのは、当日に私が着る予定のドレスで、私の姉が考案したデザイン。よくいうと古代ギリシャ風とでもいうか、片一方の肩が出ている）

とにかく小生がいってしまふと、病院に医者が一人もゐなくなるといふことになる最悪の時なので、怒らんでくれ。

○ケッコンなどといふことはゼイタクな、ワガママな代物だとしるべし」

そうして当日祝辞が送られてきた。

祝　ジ　　　　　　　　　　　　　　北　杜夫

人生のあけぼのにゐる男、つまり私より、人生のたそがれに立つ男女、すなはち田畑麦彦、佐藤愛子の両人のコンインに際し、はるかに一書を呈する次第であります。たそがれ、と私が申しましたのは、むしろ祝福の意味であります。私のやうな春秋にとむ青年から見ますると、彼等両人のごとき、つまり一人は若年寄のやうな男、一人はアネゴくづれのやうな女を眺めることは、いくぶんの微苦笑をふくんだうらやましさを感じない訳に参りません。たとへば彼等の親子兄弟――もつともまだ子供はない筈ですが――から見ますればヤキモキなさるでせうが、結婚といふ神聖な、同時にアクビのでるやうな形式に船出するこの二人に、我々が危惧《きぐ》する時は殆《ほとん》どないのであります。麦彦にしても愛子にしてもかなり賢明な人類の一人に属します。ただ賢明だけでは困ることもあるのですが、この二人は共にだらしのない部分も持つてゐるのです。

目をあげて新郎麦彦の顔をごらん下さい。彼は仲々立派ではありますまいか。つまり着てゐる服もいいのですが、中身もどこか銅像じみて立派であります。しかしながら、銅像といふものは、クスノキマサシゲであれ、ゲーテであれ、必ずどこか間のぬけてゐるものです。私は彼の間のぬけたところを、かねがね買つてゐましたし、讃《ほ》めてもゐましたので、彼は自分では間のぬけてゐないつもりなのです。かう云つてから麦彦の姿をもう一度ごらんになれば、皆さまにも私の意図するところがおわかりになりませう。

さて新プの愛子さんの方をごらん下さい。彼女は、連絡によりますと、シーザー風のイヴニングドレスを着てゐる筈です。そして多分エンゼンと笑つてゐる筈です。つまり私の祝ジが朗読されはじめてから、彼女はエンゼンと笑ひつづけてゐる筈です。愛子といふ女は、エンゼンと笑へば、この世の困つたことがすべて解決すると思ひこんでゐるかのようです。そして自分では大したカンロクのつもりでゐるのですが、私の目から見れば、タバコ屋の小娘のジュンジョーさと大差ありません。

かう云いましては一寸可哀《ちょっとかはい》さうで、本当は仲々才たけた女らしいといふ世評の方が強いやうです。私がつい言葉の勢ひで小娘などといってしまつたのには、深い事情がございます。彼女はおよそ半年前、私にウナギドンブリをおごると約束しながら、未《いま》だに食べさせてくれません……

こういう調子で「祝ジ」は延々つづき、田辺茂一《たなべもいち》さん（故紀伊國屋《きのくにや》書店社長）の名調子と相まって、満場、爆笑につぐ爆笑で、

「この北杜夫さんというお方はどういう人で？　いやあ、たいした才能の人ですなあ」と一同、嗟嘆《さたん》したのである。

まことに北杜夫という人は、文学の才能が服を着て歩いているような人物で、それ以外の能といったらこれ、皆無なのである。スポーツダメ、音楽音痴、金儲《かね》けもダメ。だがこと文学に関する限り、口惜《くや》しいが私はこの愚弟を仰ぎ見なければならない。

考えてみれば四十年のつき合いのもとはそこにあるということがわかる。まったく小説を書かない北杜夫なんて、これ以上に困った存在はないのである。

（『死ぬための生き方』集英社文庫）

中山あい子

なかやま　あいこ
詩人、作詞家、作家
1923年、東京生まれ。本名：愛子

中山あい子さんは、大人物でしたね。人間が大きい。よく考えれば、この世の暮らしの中では「どうでもいいこと」って沢山あるんだけど、我々凡俗は、なかなかそう思えなくて、怒ったり泣いたりするでしょう。中山さんは、そのどうでもいいと思えることが沢山あるのね。だから、本人もらくだし、周りもらくなの。

何にでも「ガハハハハッ！」と豪快に笑って、何にでもこだわらずに面白がる人だから、私ともやっぱり波長が合いました。私みたいなワガママ勝手な人間でも、中山さんはちゃんと許してくれるような安心感があって、佐渡島や修善寺など、よく一緒に旅行に行きました。女には大人物は少ないけれど、中山さんは、その稀有《けう》な一人です。

（『それでもこの世は悪くなかった』　文藝春秋）

写真提供：佐藤愛子氏

長崎の活水女学院を卒業後、結婚するも夫の戦死に遭い、一児（のちの女優中山マリ）を抱えて寡婦となる。このため住み込みの英文タイピストとしてイギリス大使館に16年間勤務。

退職後は東京神田の貸しビルに住み込み、管理人として勤める。そのかたわら同人誌に小説を発表。

1960年、自ら同人誌『炎』を創刊。1963年、『優しい女』で『小説現代』の第1回小説現代新人賞を受賞して文壇に登場。『奥山相姦』『幻の娼婦たち』などを発表し、色川武大から「女流の焼跡闇市派」と賞賛される。

2000年、78歳で没。

大悟の人

七年前、中山あい子がこの世を去ってしまってから、私には彼女に匹敵する女友達はいなくなってしまった。

友達にも親友・珍友・喧嘩友達などいろいろある。中山さんの生前、私は彼女のことを「珍友」と書いたことがある。

「わたしゃ珍友かよ！」

と中山さんは不服そうだったが、私は珍友という言葉の中にそんじょそこらにはない、独特の個性に対する親愛感を籠めたつもりだった。

中山さんは自分をよく見せようという意識が全くない女には珍らしい自然児だった。いつもノホホンとしてノコラノコラと歩いていた。女流作家の会合で、礼儀を重んじるお方から、「あの人はお行儀が悪い」と批判されたことがある。お座敷での食事が終った後、皆で四方山話《よもやまばなし》をしているうちに、いきなりどてんと仰向けにひっくり返って、

「わァハハハハァ」

と笑い飛ばし、「こりゃおかしい話だ」と起き上ってノホホンとしていた。行儀の悪さでは退けをとらない私でも、そこまでは出来ない。そんな彼女が私は好きだった。

晩年の中山さんは血圧が高かったり、腎臓が悪かったり、糖尿があったりで決して健康体ではなかった。私は何度も人工透析を勧めたが、彼女はイヤだといい張った。

「透析の費用はタダなんだよ」

「タダなら余計、いいじゃないの」

「バカだねえ」

と彼女はいった。

「透析に限ってすべて国費でまかなわれる。たいした税金も払ってないのに、国に負担をかけるのは悪いじゃないか」

私は「はーン」といったきり、何もいえなかった。

「人間も死んだらゴミだ」というのが彼女の持論だった。ゴミになるのだから仰々しい葬式などする必要はない。そこいらに捨ててもらってもいいんだけど、それでは人に迷惑をかけるから献体をする、といっていた。それならきれいさっぱり、医学生が処理してくれるだろうし、少しは医学に貢献出来る、といって献体の申し込みをしていた。

「献体はいいけど、ホルマリンの槽に裸にされてほかの屍体と一緒にプカプカ浮いているというじゃないの」

私は昔、聞いたことのあるそんな話をしておどかしたが、

「いいんだよ、どうせゴミなんだから」

とノホホンとしていた。

二〇〇〇年五月一日の夜、彼女の一人娘のまりさんから、中山さん死去の連絡が入った。翌日、駆けつけると中山さんは細い布団にノホホンと横たわっていた。その枕もとで私は三、四人の友人たちと中山さんの思い出を話し合った。やがて遺体を受け取りに二人の男性が来て、白布で中山さんを包み、軽々と抱いてエレベーターに乗り、表に待っていたワゴン車の中に納めた。私は、

「中山さん、サヨナラ」

といって見送った。まりさんは泣きもせず、

「バーイバイ……」

と手をふっていた。さすが「中山あい子の娘」だと思った。実に見事な別れ方だった。まことに中山あい子は男性を凌《しの》ぐ大人物である。彼女は悟りすました高僧のように見事にこの世を去ったのだった。

（初出『ゆたか』二〇〇七年秋号、『お徳用 愛子の詰め合わせ』文春文庫に収録）

第5章

物書きの境地

小説を書きはじめる

父が死んだのは昭和二十四年六月三日である。父の死を契機に私は夫のもとを去った。夫の入退院のくり返しを見兼ねて、祖父母が子供を手許に引き取っている間に家を出たのである。

私は滅びたくなかった。私はついにこのままでは未来に希望がないと思うようになったのだ。誰にも頼らず、煩わされず、自分一人の力で生きようと決心したのである。

当然、婚家先からは攻撃され、その小さな町の人々は私を非難した。だがそんなものを気にしてはいられなかった。その時から私は他人の目や思わくを気にしていては生きて行けないという人生を歩み出したのである。

私が選んだ道は「小説を書く」ということだった。といっても私は文学に関心があったわけではない。前々から私の手紙を読む度に父が、「愛子には文才があるなあ」といっていたことを母が思い出して私に勧めただけのことである。

「手紙がうまい」と父がいっていたというだけで小説家になれといった母は、考えてみればずいぶん浅慮《せんりょ》だったかもしれない。だがそれは母にしてみれば「窮余《きゅうよ》の一策」というものだったのだろう。それほど私はほかに何も出来ることがなかったのだ。

母が私について考えたことは、まず第一に私という人間は稀有な我儘者《わがまま》だということだった。我儘者が生きる道はもの書きの世界しかないことを、我儘者の父と長年連れ添った母は身に染みて知っていたのである。新聞記者、劇作家、何をしても最後は喧嘩で終ってしまった父は、たった一人で仕事をする小説家になったことで、漸《よう》く落ちつくことが出来たのだ。

世間――常識界ではハミ出してしまう個性も、この世界では許される。

母はよくいった。

「小説を書く人間はみなおかしい」

母は誰よりも（私自身よりも）私という人間をよく知っていたというべきであろう。あまりにも我儘で、あまりにも無能な私の中に、母はそうして唯一の「生きるよすが」を見つけてくれたのだった。

私が文学の素養もなければ勉強もしていないことを、母はどう考えていたのだろう？　そんな私が小説家になるといっても、いったいモノになるのかどうか、考えなかったわけではないと思う。

しかし母はその保証のない仕事を私に勧めた。母は若い頃、「男に扶養されて暮す生活」をつまらない人生だと考えて、女優になって自立することを目的にしていた。だがその希望を父によって断たれてしまった母は、とにもかくにも私が「意志」をもって「目的」に向って進む生活に入ったことを喜んだのである。

そうして私は「小説らしいもの」を書きはじめた。小説とは「お話を書けばいいもの」と思っていたから、どんどん書いた。どんどん書いたが、それをどうすればいいのかわからない。書いたものがいいのか悪いのか、これを小説といっていいものかどうかもわからない。

父の友人だった加藤武雄《かとうたけお》さんのところへ書いたものを持って行って読んでもらった。すると加藤先生はいわれた。

「これは傑作だ！　愛子さんは天才だ！」

それが傑作であるわけがなかった。だがその時の私は加藤先生がそういわれたからには、そうなんだろうと思ったのである。

もしもあの時、加藤先生がそういって下さらなかったら、私はその後の長い陽の当らぬ習作時代に耐えられなかっただろう。加藤先生は何を書いていっても「面白い！傑作だ！」といわれる。先生は私を励ますためにそういって下さったのか、友人である佐藤紅緑の娘だから贔屓《ひいき》して下さったのか。常に冷徹な現実主義者である母はいった。

「傑作や傑作やて、大丈夫かいな、加藤さんは……。まさかボケてはるのとちがうやろね」

何であれ、加藤先生のお蔭で私は自信を持ってこの道を辿ることが出来たのだ。あの時の加藤先生の温顔を思い浮かべると、私の目はいつも懐かしさと有難さの涙に曇《くも》るのである。

希望の光

関西育ちの私には東京の地理はわからず、友人もなく、金もなく、ただ加藤武雄先生ひとりを頼りに私の毎日は読むことと書くことで明け暮れていた。母の居候であるから食住の心配はないが、小遣いというものはない。娘時代の着物を売って本代や電車賃にするほか、金を稼ぐ道はなかった。

私はせっせと小説を書き、加藤先生に書いてもらった紹介状を持って雑誌社を廻った。持ちこみ原稿というものはなかなか読んでもらえず、どこの編集部でも机の上には持ちこみ原稿が山積みになっているという話だったが、加藤先生の紹介状のおかげで私の原稿はすぐに読んでもらえた。そしてボロクソにけなされた。

私はショックを受け、その足で加藤邸へ走って行ってかくかくしかじかと先生にいいつける。すると先生は忽《たちま》ち腹を立てて、

「そういう小説のわからん奴が編集長をしているからあの雑誌はダメなんだ！」と憤慨される。いつも穏やかな人柄で、「相模《さがみ》トルストイ」といわれていた真面目な加藤

先生が、

「だいたい、あの男の顔は芸術のわかる顔ではないよ！」

とまで憤慨されるのを聞くと私は魔法にかかったように元気をとり戻し、再び新しい小説にとりかかるのであった。身贔屓《みびいき》が強く理非を越えて友達や後輩の肩を持つのは私の父だけかと思っていたが、それは明治の男性に共通する気質だったのかもしれない。すべて冷静に、合理的にものごとを判断し、感情ぬきでことに当る現代の男性を見るにつけ、私は明治の男性のこの偏りが限りなく懐かしい。

『文藝首都』という文学同人雑誌があることを知ったのは、世田谷三軒茶屋の三茶書房という古本屋でだった。その頃私は世田谷上馬町二丁目にいて、三日にあげず三茶書房へ行って古本を漁っていた。その三茶書房に月遅れの『文藝首都』が十円で出ていたのだ。

小説の勉強をするための同人誌というものがあることを知らなかった私は、早速加藤先生に相談した。加藤先生は『文藝首都』の主幹である保高徳蔵《やすたかとくぞう》氏と昵懇《じっこん》で、保高くんは抜群に人柄のいい親切な男だから、是非行ってみなさいと勧められた。保高氏は『改造』の第一回懸賞小説に当選して文壇にデビューした作家だったが、今は執筆を休んで新人養成に力を注いでいる。『文藝首都』はその目的のために出されていた同人誌だということだった。

私は早速、『文藝首都』の会員になった。会員になると、小説百枚まで五十円の批評料で批評がしてもらえるのだ。私はすぐ七十枚ばかりのものを送った。

数日して『文藝首都』の吉富利通という人から葉書が来た。『文藝首都』の幹部で私の作品を読んでくれた人だ。吉富氏はたいそう私の作品を褒めてくれ、次作を期待しますと書いている。

加藤先生のほかにも私の小説を褒めてくれた人がいたことに私は驚喜した。長いトンネルの向うに、光溢れる村が見えてきたような気持だった。それこそ「希望の光」というものだった。

その後私は雑誌に作品を発表出来るようになり、尊敬する先輩作家から激励を受けることもあったが、後にも先にもこの吉富氏の葉書ほど嬉しく思ったものはない。長い間、私はその葉書を大切にしまっていたが、あまり大切にしまい過ぎて、今ではどこにしまったのかわからなくなってしまった。

自信喪失

私の文学グループの一人にTという男がいた。私たちのグループの中では一番の年少だったが、なぜか一番自信に溢れていた。彼が一旦文学論の口を開けば、私は忽《たちま》ち頭脳モウロウとなり、彼が自作を朗読しはじめると眠気を催し、小学生の遠い昔、母の前に引き据えられて算術の説明を受けている時と同じ気持になった。

私の作品はそのTによって完膚なきまでにやっつけられた。私の書くものはただギラギラした感性と才能で書いているだけだといい、文学は才能で書くものではない、というのだった。

私は自信をなくし、何をどう書けばいいのかわからなくなった。書けば書くほど混乱し、ついには何を書こうとしていたのかさえわからなくなる始末である。恰《あたか》も打てなくなったバッターががむしゃらにバットを振り廻すように、私は曙光《しょこう》を見つけようとしてむちゃくちゃに書きまくった。

それは無駄な努力だったかもしれない。しかし無駄でも何でも頑張って書いていなければ、(ここで書くことを休めば)そのままズルズルとダメになってしまうような気がしたのだ。第一、書くことを放棄したら、私には何もすること(出来ること)がないのである。

やみくもに書いていては、曙光を見つけようとして文芸雑誌に原稿を持ち込んでいた。文藝春秋社の文学界編集部の星野さんという人は、いつもニヤニヤ笑っている人で、私はひそかに「ニヤリスト星野」と呼んでいたが、そのニヤリスト星野は親切に私の原稿を読んでくれる唯一の人だった。しかし親切ではあるが、なかなか認めてくれず、ニヤニヤしながら断られる。

後に私が直木賞を受賞した時、ニヤリスト星野は記者会見の席に顔を出して私のために祝ってくれた。そしてニヤリスト星野曰く、

「ぼくもいろんな無名作家から原稿を持ち込まれましたがね、佐藤さんみたいに、これは傑作ですと自分からいう人は一人もいませんでしたよ。たいていは『自信はない

んですが、一所懸命書きましたから読んでみて下さい』というものだけど……」

そんなこと、いいましたっけ、と私は恐縮したが、本当にそういったとしたら、私はそういうことによって自分を奮い立たせようとしていたのかもしれない。

私の生活は、他人の目には遊び半分の、ふざけたものに映っていたことだろう。だが毎日は苦しかった。私にもの書きになることを勧めた母だったが、一向にモノになりそうもなく、しかも毎日、ぐうたらぐうたらしている私に業を煮やしてだんだん不機嫌になっていく。まったく修業中のもの書きの生活ほど、人に理解されにくいものはないのである。世間の人には無駄だと思えることが、もの書きにとっては必要なことだったり、世間では大事なことがもの書きには大事でなかったりするのだ。

「作家になれるかなれないかは、どこまで家族や世間の無理解に耐え得るかという点にある」

その頃、仲間の一人はそういって私を励ましてくれた。

「あなたがモノになるかならないかは、とにもかくにも十年、ひとつのことだけを専心やれるかどうかにかかっている」

とその人はいった。

「芸術家にとっての問題は、どこまで非情を押し通せるかという点に絞られると思う。その孤独に耐えられない奴は、十年もたずに生活のために妥協の道を選ぶんだ」

私は自分を芸術家などとは思っていなかったが、自分一人の世界を自分一人の力で作り出して一人でそこで生きるしか、どこにも私の住む場所はないことを感じていた。

それは結婚以来、ずーっと自覚しつづけていたことだった。私の父や兄に流れていたどこか人なみでない、非妥協的我儘な血が私にも流れているのだ。そういう私であるからには、どんなに苦しくてもこの道を歩みつづけるしかなかった。


（『淑女失格』日本経済新聞社）

書くことに支えられる

何もかもいやになって婚家先を出たものの、出来ることが何もない私は、小説家になることを目的に生きようと心をきめた。二十六歳の時である。ものを書くことが特に好きだったわけでもなく、小説家に憧れていたわけでもない。ほかに出来ること、したいことが何もなかったということと、父が小説家だったから、何となくものを書くことを簡単に、身近に考えていたという、その程度の理由である。

見よう見真似で書きはじめた。ほかにすることがないから、毎日せっせせっせと書いている。たまたま私のことを心配してくれる人がいて、小説を書く気なら吉川英治さんを紹介しようといわれた。そこで原稿を持って青梅《おうめ》の吉川邸を訪れた。紹介者の力のおかげか、私は書斎に通されたが、向き合った吉川さんは開口一番、こういわれた。

「小説を書くことなんかやめた方がいいですよ」

私は出バナを挫《くじ》かれた。自分が小説家でありながら、人に書くなとはどういうことだ、と思った。原稿を読んだ上で、お前は才能がないからやめろというのならわかる。原稿に手もふれないでやめなさいはないだろう。書くことは私が選んだことだ。とやかく指図される筋合いはない……。

一瞬そんな思いが胸をよぎったが、勿論《もちろん》そんなことはいえない。ただむきになってこういった。

「私は子供を置いて婚家先から出てきた人間です。これから一人で生きていく上に何か支えになるものがほしい。小説を書くことを支えにしようと思っているのです」

吉川さんの言葉は老婆心からであることを知らなかったわけではない。その頃は小説なんぞ書く人間は「人並みでないヤツ」であり、反世間的なことであり、且《かつ》ものを書くことは孤独と不幸と貧乏の隣り合わせに生きることだという価値観が定着していた。その上で小説家として世に認められる人は才・知・運の三つに恵まれた「選ばれた人」だった。一人の有名作家の陰には累々たる文学青年無名作家の屍《しかばね》が横たわっていたのである。

吉川さんは私の反論を聞いて面倒くさくなったのであろう。小説雑誌の編集長をしていた弟さんに宛てた紹介の名刺を下さった。私はすぐに弟氏に会って原稿を読んでもらい、クソミソにけなされて帰ってきた。

それから十年ほど、クソミソ時代がつづいた。ある時、やっと『三田文学』に掲載してもらった作品は、「あんなものを載せるとは三田文学の恥」といわれた。

しかしいかにクソミソにいわれようと、ものを書くことは私の支えになった。わけもわからず、ただガムシャラに書いた。文壇に名を上げたいなどとは夢にも思わなかった。賞を狙《ねら》ったこともない。そういう栄誉は一切私には無縁の、別世界のことだったのだ。

クソミソ時代の終り頃、私は父の伝記小説を書いた。その中で私の四人の異母兄がそろって不良少年になって父と母を苦しめたことを書いた。私が三十八歳頃のことである。私は子供の頃からずっと四人の兄を批判的に見ていた。兄たちは四人ともとても面白い人で、異母妹の私を虐《いじ》めたりすることはなく可愛がってくれたが、私の兄たちを見る目はいつも父母を苦しめる「困った人たち」という目だった。だから、小説の中でも「面白いが困った連中」としか書けなかった。

しかしこの頃、私はしきりに、あの頃に兄たちが耐えたであろうものを思うようになった。兄たちが、耐えていると思わずに耐えていたものが見えるような気がしてきた。年をとるということのよさは、こういうことに目が向くことだ。そしてまた、そういうことに目が向くのは、私がもの書きとして生きつづけてきたおかげだと思う。

私にとってものを書くことは、人間をより理解するよすがである。何もわからずにものを書きはじめた私は、今、漸《ようや》く私にとっての書くことの意味がわかった。そうでなければ私は、四人の兄を父を苦しめた存在としてしか理解せずに死んでいっただろう。もの書きになってよかった、と私は思っている。

（『新装版　女の背ぼね』リベラル社）

『ソクラテスの妻』

小学館
２０１８年刊

作家・佐藤愛子が自身をモデルにした初期の作品。この作品を機に、「悪妻」「男性評論家」と呼ばれるようになる。

１９６４年芥川賞候補。

著者の佐藤愛子自身がモデルとされた作品で、浮世離れした夫の行状に手を焼く妻の苦労が描かれる。

そして、「二人の女」もまた芥川賞候補となり、親友をモデルにした「加納大尉夫人」は１９６４年度の直木賞候補となった。若き妻と夫の機微を描いた著者初期の意欲作３編として知られている。いずれもユーモアと深いペーソスに彩られた、色あせることのない珠玉の一冊となっている（小学館ＨＰより）。

男性攻撃がメシの種に

私は相変らず小説を書きながら同人費の催促をし、同人の熱意の衰え（それはとりも直さず同人費の払いの悪さに象徴されている）を憤慨し、夫がやたらに人に金を貸すのを（親の遺産であって自分で稼いだ金でないせいか、彼は頼まれると簡単に貸した）監視し、借りた金を返さない相手を罵り、夫婦喧嘩の絶え間なしという明け暮れだった。

私は『ソクラテスの妻』という小説を書いた。ギリシャの哲学者ソクラテスの妻クサンチッペは世界の三大悪妻の一人として有名である。クサンチッペが何かというと夫を口汚く罵《ののし》るので、ソクラテスの弟子がソクラテスに向っていった。

「あなたはどうしてあのようにうるさい奥さんを叱らないのですか？」

するとソクラテスは答えた。

「君はめんどりがうるさく鳴くからといって、本気で怒る気がするかね」

私はそのクサンチッペの憤怒の孤独がよくわかった。ソクラテスのような男の妻になれば、どんな女だって悪妻になってしまう。そういう悲憤を籠めて私はその小説を書いたのだ。

驚いたことには、それが芥川賞候補になったのである。『ソクラテスの妻』の後、つづけて『二人の女』という小説で私は芥川賞候補になったが、賞がもらえるとは全く思わなかった。正直いってまだ脚光を浴びるのは早いと思っていた。

だが『ソクラテスの妻』をきっかけに私は「悪妻の見本」として婦人雑誌などから短文の注文が来たりして、子供のおやつ代くらいにはなる収入があるようになった。「悪妻の見本」は次第に「悪妻の横綱」になり、やがて男性攻撃の第一人者という趣になっていく。マスコミに乗りたいと思ったわけではなかったが、なにぶんにも手許《てもと》不如意《ふにょい》のため断れず、情けないことに悪妻、男性攻撃がメシの種になった。

（『淑女失格』日本経済新聞社）

『戦いすんで日が暮れて』

講談社文庫
２０１７年刊

夫の経営していた会社が倒産したという実体験を元にした小説。１９６９年、直木賞受賞。１９７０年に映画化。

弱気な夫と、巨額な借金を背負い込んで奮闘する妻を、独特のユーモアとペーソスで描く直木賞受賞作。

強い男、りりしい男はいないのか！　弱気な夫と、巨額の負債をしょいこんだ家庭の中で、休む間もない奮闘を続ける、男まさりの〝強い妻〟を独自の真情と塩からいペーソスで描く。――ほかに新装版の文庫には、「ひとりぽっちの女史」「敗残の春」「佐倉夫人の憂愁」「結婚夜曲」「マメ勝ち信吉」「ああ男！」「田所女史の悲恋」などの傑作短編7編を収録。新装版あとがきを収録（講談社ＨＰより）。

直木賞、素直に喜べず

昭和四十四年夏、私は『戦いすんで日が暮れて』という小説で直木賞を受賞した。四十五歳。小説を書き始めてから二十年目に漸《ようや》く私は認められたのである。

「戦いすんで日が暮れて」は四十三年の秋、『小説現代』の注文で原稿料ほしさに書いたもので、倒産の経験を下敷きにした作品である。

受賞の報せは、たまたま親友の川上宗薫《そうくん》さんの病気見舞いに出向いた虎の門病院梶ヶ谷分院で受けた。その頃、梶ヶ谷はまだ原っぱや田畑が多くて私は道に迷い、日が暮れかける頃漸《ようや》く辿り着くと、ナースステーションでガーゼの寝巻姿の川上さんが電話口に出ていた。川上さんは入って行った私を見るなり、

「おい、何やってんだ、受賞したぞ！」

興奮して叫んだ。私の行方を捜して、方々から川上さんのところへ問合せの電話が入っていたのである。

一瞬、私は「あッ」と思った。「やっぱり来たか！」と思った。

私はこうなってほしいと思う時には、決してなってほしいようにはならず、こうなっては困る、と思っているとそうなってしまうという尼介な運命の持主である。

「戦いすんで日が暮れて」が直木賞候補になったことを知った時、私は「もし賞が来たら困る」と思った。賞を取った作家にはどっと小説の注文が来るという。その注文をこなす自信がないというよりも、倒産後のただでさえ騒々しい日々の上に、マスコミから追い廻される日々が重なってはとても身がもたない、ろくでもない小説しか書けないだろうという心配があったのだ。

私は「加納大尉夫人」で直木賞がほしかった。「戦いすんで日が暮れて」よりも「加納大尉夫人」の方がいい作品だと思っている。「加納大尉夫人」で取れなかった賞を、「戦いすんで」で貰うことは私の実作者としての気持がスッキリしないのだ。賞は自分でも納得した作品で貰いたい。何でもいい、賞を貰えばいいんだ、という気持は賞を侮辱しているものではないか。

——と私は思うのだが、この時私に賞を与えたのに嬉しがらなかったというので、私は後々まで文藝春秋のエライ様方から生意気な奴と嫌われる羽目になった。（賞というものは「お祭り」なのだから、そう堅く考えることはないらしいということがわかったのは最近である）

私は文学の世界こそ、ありのままの自分を見せ、正直に自分の価値観を通せる自由な世界だと思っていた。だからこそ他の世界には生きられない私のような人間でも、ここで生きることが出来るのだと思っていたのだ。だがこの世はどの分野でも大同小異であることがわかった。そこに馴染めないならば、吉田一穂先生のように三畳の間に陣取って孤高を掲げて生きるしかない。

しかしそれには、吉田先生のように、

「先生、少しは生活のこともお考えになって下さい」

と弟子にいわれて、

「生活？　そんなものは家来に任せておけばいい」

とうそぶいていられるような実力が必要だ。私にはそれがないのであるから、やはり世間の常識に従って、人の好意に対して感謝を表明しなければならなかったのであろう。それもやっとこの頃わかった。

川上さんの病室には既に文藝春秋社の人が私を待っていて、私は、

「お受けいただけますか？」

と訊かれた。一瞬複雑な思いが胸を過った。すぐには答えられず、思わず私は、「川上さん、どうしよう！」

といっていた。

感激

私が川上さんにいった「どうしよう！」という言葉には、友達だけにわかる前述したようなもろもろの思わくが籠《こも》っていたのである。川上さんはベッドの上にアグラをかいて、暫く考えてからいった。

「しかし、カネは入るぞ」

あッ、と私は思った。そうだ、カネ！

私には金が入用だった。私はそれを忘れていた。私の肩に山のようにかかっている

借金。それは直木賞を貰うことによって返していけるのだ！　それで私はいった。

「お受けします」

そういった時、恥かしさとこれからくるものへの不安がどっときた。受けた以上、私はその場から新橋第一ホテルの記者会見に臨まなければならないのだった。ベッドの上にアグラをかいて私を見守っている川上さんの姿は、今でも昨日のことのように私の瞼に残っている。その時川上さんの着ていたガーゼの寝巻の柄と、その腰を縛っている紐の柄が違うものだったことも。

私はまるで家族から引き離されて、別の世界へ連れて行かれる子供のような、心細い悲しい気持でいっぱいだった。ここに残って、二人で食べようと思って持ってきた稲荷ずしを川上さんと食べたかった。

「じゃあね」

というと川上さんは、

「うん、行ってこいよ」

と兄貴のように答えた。川上さんは芥川賞候補四回という記録をうち立てており、この次候補になったとしても受けずに辞退して、更に記録を更新する方へ向う、などとふざけている人だった。

新橋第一ホテルの記者会見の席で、私は私をとり囲んでいる記者たちの後ろに、文藝春秋社のニヤリスト星野のニヤニヤ顔があるのを見つけた。私の胸に受賞の感激がこみ上げてきたのはその時である。一瞬、私の脳裡《のうり》をニヤリスト星野に下手な小説原稿を持ち込んだ日々が掠《かす》めた。ニヤリスト星野のニヤニヤ顔が涙が出るほど懐かしかった。ニヤリスト星野から、

「おめでとう」

といわれて、はじめて嬉しさがやってきた。『小説現代』に「戦いすんで日が暮れて」を書かせてくれた副編集長の大村彦次郎さんのニコニコ顔を見た時も、（この人はニヤニヤではなく、いつもニコニコしている）ああこの人に喜んでもらえるようなことになってよかった、と心から思った。

更に嬉しかったのは私の受賞は反対意見が少くなかったのだが、松本清張氏の強力な発言で大勢が決ったということを知らされた時である。かねてより松本さんを尊敬

していた私は、松本さんに認めてもらえたということで、急に肩の力が抜けた。忽《たちま》ち、「戦いすんで日が暮れて」がいい作品だと思えてきたのだから、私も他愛がない。（しかし賞などというものは「時の運」である。そう大騒ぎして喜ぶほどのものではないという考えは今も変らない）

記者会見を終えて、ニヤリスト星野とホテルを出て駅に向って歩いて行きながら、私は一九六九年七月十八日の夜空を見上げた。それはアメリカの宇宙ロケットアポロが、月面着陸を目指して飛びつつある時だった。ビルの上空に切り抜いて貼りつけたような黄色い丸い月が出ていた。

「ああ、あの月に向って、今、アポロは飛んでいるのだなぁ……」

そう思いながら私は歩いていた。そしてこの夜のことは死ぬまで忘れないだろう、と思った。

その翌日から、私が予想した通りの日々が始まった。受賞はめでたいものの筈なのに、私にとってはやはり「新しく襲ってきた苦難」だったのだ。私の人生の前半のぐうたらの埋め合せをするべき時がいよいよ来たのだった。

新たな戦い

直木賞受賞は人が思うほどめでたいことではなかった。直木賞受賞がテレビで報道されると、まっ先に債権者からの祝電が来た。その祝電には、さあこれから取り立てるぞと、手ぐすね引くという気配が籠っている。受賞は当の私よりも債権者の方がなんぼか嬉しかったのにちがいない。戦いすんで日が暮れるどころか、私には新たな戦いが始まったのだった。

昭和四十四年のこの頃は、小説雑誌全盛期で、大手出版社から六誌の小説雑誌が出ていた。その六誌から「受賞第一作」を注文された私は、二十日以内にその全部に小説を書かなければならない。その他に「受賞の感想」などの短文の注文が数え切れぬほどある。テレビ、ラジオからは出演せよといってくる。インタビュー、対談の依頼がひきもきらずにくる。

今から思うとべつにその全部を引き受けなければならないことはなかったのだが、その時の私は受賞した以上はどんなことがあっても全部こなさなければならないものだと固く思いこんでいたのである。

朝九時から夕食まで。夜は十時から午前四時頃まで。食事入浴のほかは体力のつづく限り机に向っていた。トイレに立つ間も惜しんだので便秘が身についてしまった。インタビューや写真撮影が唯一の息ヌキになっていた。

娘は小学校三年生だったが、勉強を見てやる暇など全くなかった。宿題があるのかないのか、したのかしていないのかもわからなかった。そんなことを考えたこともなかった。娘は一人で寝るのが寂しいので、いつも私が原稿を書いている机の横へ来て本を読んでいるうちに眠ってしまう。その身体に毛布を掛けてやったまま私は原稿を書き、書き終えて床に就くときに起して寝床へ連れて行った。戦っていたのは私一人ではなく、銃後《じゅうご》の娘も共に戦っていたのである。

私の家は掃除が行き届かずに荒れ果て、庭は草ぼうぼう。門柱の夫の表札は彼が自分で金槌でもって叩き壊した無惨な姿のままになっている。その頃、庭で写した写真が週刊誌に出たのを見て、あれはどこの避暑地ですか、軽井沢ですかと訊いた人がいた。我が家の庭は雑草が足を隠すほどに伸びていたために、人の目にはどこかの草原に見えたのだ。

しかし家が荒れるのと共に、私の肩の借金は減って行った。働きさえすれば、借金はどんどん返せていく。それが面白かった。恰《あたか》も聖路加病院の庶務課で働いていた時、山と溜《たま》った数年分の伝票を家へ持って帰って徹夜で計算し、山積みの伝票がみるみる減っていった時の面白さに似ていた。（しかしその後、納税期がきた時、私は腰が抜けそうになった。働けば働くほど税金は上《あが》り、税金と借金返しとの往復ビンタを喰ったのである）

（『淑女失格』日本経済新聞社）

『幸福の絵』

集英社文庫
2011年刊

自立した女性の生き方を描く傑作長編。1979年、女流文学賞受賞。

離婚2回、新しい恋の行方は……

二度の結婚に失敗し、三度目の出会いに心ときめかせる作家の立子。相手には妻があり、社会的立場もある。そんな中、離婚で手放した娘が成長して訪ねてくる……。

——それは他人の目からは、幸せに満ち溢れた家族に見えるのだろうか。美しい額に縁取られた一枚の絵のように。男と私と娘たちとが談笑する世界。しかし、男には妻がいる。そして娘には育ての親が別にいる。幸福という名のベールをはぎとれば、そこには残酷なまでの現実がある。私は目を閉じたまま、この絵の一部になるべきなのか、それとも。人気女流作家・藤山立子の生き様を描く女流文学賞受賞の傑作（集英社HPより）。

『血脈』

『血脈 上　新装版』
文春文庫
2017年刊

『血脈 中　新装版』
文春文庫
2017年刊

『血脈 下　新装版』
文春文庫
2017年刊

佐藤紅緑、ハチロー、そして愛子……、欲望と情念に惑わされる佐藤一族の壮絶な生の姿を、12年の歳月をかけて20世紀の歴史のなかに描いた大河小説。ＮＨＫでＴＶドラマ化。２０００年、菊池寛賞受賞。

物語は大正４年、当代随一の人気作家・佐藤紅緑が妻子を捨て、新進女優の横田シナを激しく愛したことに始まる。父親・紅緑への屈折した思いを胸に、散り散りになっていく八郎、節、弥、久の４人の息子たち。大正12年、愛子の誕生で、シナは紅緑と離れられぬ宿命をようやく受け入れる。サトウハチローとなった八郎は、いまや売れっ子詩人で、所々に女を囲っていた。息子の放蕩から放たれた時、紅緑の生命もまた輝きを失っていく。紅緑が亡くなり、シナは過ぎ去った40年を思う。夫と別れた愛子に、小説を書くことを勧めたのはシナだった。愛子は再婚するも夫の会社が倒産し、多額の借金を背負う。シナが世を去り、八郎が急死。佐藤家を焼き尽くす因縁の炎の行方を見据えるのは、残された愛子であった（文藝春秋ＨＰより）。

『晩鐘』

『晩鐘　上』
文春文庫
2017年刊

『晩鐘　下』
文春文庫
2017年刊

88歳から3年かけて執筆した、最後の長編小説。青春から老年を書き上げた鎮魂歌でもある。2015年、紫式部文学賞受賞。

老作家・藤田杉のもとにある日届いた訃報――それは青春の日々を共に過ごし、十五年のあいだは夫であった畑中辰彦のものだった。共に文学を志し、夫婦となり、離婚ののちは背負わずともよい辰彦の借金を抱えてしゃにむに働き生きた杉は、ふと思った。あの歳月はいったい何だったのか？ 私は辰彦にとってどういう存在だったのか？ そして杉は戦前・戦中・そして戦後のさまざまな出来事を回想しながら、辰彦は何者であったのかと繰り返し問い、「わからない」その人間像をあらためて模索しようとした……。かつて夫であったひとりの男の姿をとことん追究した、佐藤愛子畢生の傑作長編小説（文藝春秋HPより）。

書けば書くほどわからない男

今まで私は何度も何度もかつて夫であった男（この小説では畑中辰彦）を小説に書いてきました。

ある時は容認（愛）であり歎きであり、ある時期は愚痴、ある時は憤怒、そしてある時は面白がるという、変化がありました。それは私にしかわからない推移です。今思うと彼を語ることは、そのときどきの私の吐物《とぶつ》のようなものだったと思います。

そして今回、私は私の作家生活の、おそらく最後になるであろうこの小説で、又してもしつこく彼を書きました。今度こそ吐物ではなく、この不可解な人物を書くことによって、彼への理解を深めたいという気持からです。

しかし畑中辰彦というこの非現実的な不可解な男は、書いても書いても、いや、書けば書くほどわからない男なのでした。刀折れ矢尽きた思いの中で、漸く「わからなくてもいい」「不可能だ」という思いに到達しました。私たちは平素、いとも簡単に、

「理解」を口にします。しかし本当は、真実の理解なんてあり得ない、不可能ではないか、結局は「黙って受け容れる」ことしかないのではないか？　と思うようになりました。彼が生きている間にそのことに気づくべきでした。しかしそれにはこの長い小説、だらだらとくり返された現実を書くことが必要だったのです。

（『晩鐘　下』文春文庫「あとがき」より）

『九十歳。何がめでたい』

『増補版 九十歳。何がめでたい』
小学館文庫
２０２１年刊

２０１６年５月まで１年にわたって『女性セブン』に連載された大人気エッセイに加筆修正を加えたもの。１７０万部のベストセラーに。２０２４年に松竹が草笛光子主演で映画化。

作家・佐藤愛子が一度は下ろした作家の幕を再び上げて始まった連載には、「暴れ猪」佐藤節が全開。自分の身体に次々起こる「故障」を嘆き、時代の「進歩」を怒り、悩める年若い人たちを叱りながらも、あたたかく鼓舞しています。自ら災難に突進する性癖ゆえの難難辛苦を乗り越え92年間生きて来た佐藤さんだから書ける緩急織り交ぜた文章は、人生をたくましく生きるための箴言も詰まっていて、大笑いした後に深い余韻が残ります（小学館ＨＰより）。

『九十八歳。戦いやまず日は暮れず』

『増補版 九十八歳。戦いやまず日は暮れず』
小学館文庫
2024年刊

170万部を超すベストセラーとなった『九十歳。なにがめでたい』の続編。『女性セブン』連載時のタイトル「毎日が天中殺」を書籍化に伴って改題。タイトルは、1969年に直木賞受賞作の小説『戦いすんで日が暮れて』の本歌取り。

夫が作った莫大な借金をひとり背負い込んで奮闘する妻（＝佐藤さん）の姿を活写。それから52年、自身の最後となる本エッセイ集のタイトルに『九十八歳。戦いやまず日は暮れず』と付けたのは、借金は返済したけれど、人生の戦いはやまず、今も日も暮れていない——。愛子センセイが97年を生きて来た人生の実感です。愛子センセイがヘトヘトになりながら綴った、抱腹絶倒のエッセイ全21編（小学館HPより）。

二〇二四年には、作家の林真理子さんらとの対談や瀬戸内寂聴さんの追悼エッセイなどを収録した増補版の文庫も出版された。佐藤愛子ブームは健在だ。

「前向き横向き正面向き」では、「前向きもへったくれもあるかいな。（中略）前向き、後ろ向き、どうだっていい。老いた身体が正面を向いていればいい」とつづった。理想の老後のありようを明かした「前向き横向き正面向き」、そして、最後の「さようなら、みなさん」では、「かくして私はここに筆を措きます」と断筆宣言をし、周囲を驚かせた。「書くのをやめたら死にます」と医者に言われたが、娘と孫に「ホントに死ぬかどうか験《ため》してみるんだよ」と言い放った。

『思い出の屑籠《くずかご》』

『思い出の屑籠』
中央公論新社
2023年刊

一〇〇歳になって刊行された幼少期の思い出をつづったエッセイ本。帯には「百歳の最新刊！　愛子の戦い、これでおしまい」とある。

著者が生まれてから小学校時代まで、両親、姉、時折姿を現す4人の異母兄、乳母、お手伝い、書生や居候、という大家族に囲まれた、甲子園に近い兵庫・西畑の時代を、思い出すままに綴る。『血脈』など、著者の自伝的作品では触れられることのなかった秘蔵のエピソードが満載。幼い「アイちゃん」目線で、〝人生で最も幸福だった時代〟の暮らしぶり、人間模様を活写する（中央公論新社HPより）。

幼少期から小学校時代まで、兵庫県鳴尾村西畑（現西宮市）で過ごした佐藤愛子。自分のことを「アイちゃん」と呼んで、両親やきょうだい、乳母やお手伝いさんを抱える賑やかな家で育った。

まえがきに「百年生きて最後、（もの書きの）絞りきったダシ殻になった」と書いた。「全生涯で一番の幸福」と題した章では、就寝前の情景を思い起こしている。午後8時に階段下で二階にいる父に向かって「お父ちゃーん、おやすみなさーい」と声をはり上げると「おう」という太い声が落ちてきたそうだ。父の「おう」という返事が、佐藤さんを包み込む「幸福の源泉」だったようだ。

佐藤愛子年表

1923年

作家の佐藤紅緑とシナ（元女優・三笠万里子）の次女として大阪府に生まれる。
先妻との間に生まれた長兄・八郎は詩人のサトウハチロー。
11月5日に生まれたが、戸籍上は11月25日が誕生日。

苺畑の中の小学校に通ったころ
（写真提供：佐藤愛子氏）

3歳か4歳のころ
（写真提供：佐藤愛子氏）

1936年
甲南高等女学校（現・甲南女子中学校・高等学校）に入学。

1941年
甲南高等女学校を卒業。東京・雙葉学園英語科に入学するが、3か月で中退して帰郷。
12月に太平洋戦争が勃発。この戦争で異母兄の弥が戦死。もう一人の異母兄・節は広島で被爆し亡くなった。

甲南高等女学校のころ
（写真提供：佐藤愛子氏）

甲南高等女学校に入学前の家族写真
（写真提供：佐藤愛子氏）

1943年

陸軍航空本部の主計将校と見合いで結婚、夫の赴任地の長野県伊那市（現伊那市）で新婚生活。

1944年

長男誕生。

1945年

夫の東京転任で岐阜県大井町（現・恵那市）の婚家に身を寄せる。8月終戦。

1946年

復員した夫、長男とともに千葉県葛飾郡田中村（現・柏市）に転居。軍隊での腸疾患治療が原因で夫がモルヒネ中毒に。

19歳。見合い写真
（写真提供：佐藤愛子氏）

21歳。結婚して長男を出産したころ
（写真提供：佐藤愛子氏）

1947年　長女誕生。

1949年　父・紅緑が死去。夫と別居し東京世田谷区に移っていた実家に戻る。子ども二人は夫の実家へ引き取られた。

1950年　『文藝首都』同人となる。

1951年　別居中の夫と死別

1956年　田畑麦彦と再婚。

1960年　娘・響子誕生。

自宅で盛んに文学談義をしていたころ（左端）
（写真提供：佐藤愛子氏）

26歳。
小説を書きはじめたころ
（写真提供：佐藤愛子氏）

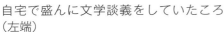

１９６３年　「ソクラテスの妻」「二人の女」が連続で芥川賞候補になる。

１９６５年　「加納大尉夫人」が直木賞候補になる。

１９６７年　夫の会社が倒産。莫大な借金を背負う。

１９６８年　夫と偽装離婚。

１９６９年　夫の会社の倒産と借金、離婚の顛末を綴った『戦いすんで日が暮れて』で直木賞受賞。

娘・響子さんが高校生のころ
（写真提供：佐藤愛子氏）

45歳。直木賞受賞のパーティー
（写真提供：佐藤愛子氏）

１９７２年　母・シナが死去。

１９７５年　北海道浦河町に別荘を建築、以後、毎年夏に浦河町で過ごすように。

１９７９年　『幸福の絵』で女流文学賞を受賞。

１９８０年　娘・響子と世界旅行。

１９８９年　佐藤紅緑、サトウハチローをはじめ佐藤家の荒ぶる系譜を描いた長編小説『血脈』の執筆開始。

松下幸之助氏と対談
（写真提供：佐藤愛子氏）

北海道浦河町に別荘を建築
（写真提供：佐藤愛子氏）

１９９１年　孫・桃子誕生。

２０００年　『血脈』で菊池寛賞を受賞。

２０１４年　最後の小説『晩鐘』を刊行。

２０１５年　「九十歳。何がめでたい」の連載をスタート。『晩鐘』が紫式部文学賞を受賞。

２０１６年　『九十歳。何がめでたい』を刊行。

２０１７年　『徹子の部屋』（テレビ朝日系）に36年ぶりに出演。旭日小綬章を受章。『九十歳。何がめでたい』

91 歳。『九十歳。何がめでたい』刊行。年間ベストセラー総合第 1 位
（写真提供：© 朝日新聞社／アマナイメージズ）

91 歳。
旭日小綬章受章
（写真提供：© 朝日新聞社／アマナイメージズ）

が年間ベストセラーに。

2019年 「毎日が天中殺」の連載をスタート。

2021年 『九十八歳。戦いやまず日は暮れず』（「毎日が天中殺」を改題）を刊行。

2023年 『思い出の屑籠《くずかご》』を刊行。11月5日にめでたく100歳を迎えた。

2024年 映画『九十歳。何がめでたい』（草笛光子主演）が全国公開。11月5日に101歳を迎えた。

100歳を迎えたころ
（写真提供：© 朝日新聞社／アマナイメージズ）

著者　佐藤愛子（さとう・あいこ）

1923年大阪生まれ。甲南高等女学校卒業。小説家・佐藤紅緑を父に、詩人・サトウハチローを兄に持つ。1969年『戦いすんで日が暮れて』で第61回直木賞、1979年『幸福の絵』で第18回女流文学賞、2000年『血脈』の完成により第48回菊池寛賞、2015年『晩鐘』で第25回紫式部文学賞を受賞。2017年旭日小綬章を受章。その他の著書に、大ベストセラーとなった『九十歳。何がめでたい』『九十八歳。戦いやまず日は暮れず』（以上、小学館）、『冥界からの電話』（新潮社）、『人生は美しいことだけ憶えていればいい』（PHP研究所）、『気がつけば、終着駅』『思い出の屑籠』（以上、中央公論新社）などがある。

※出版にあたって、ご協力いただいた文藝春秋、中央公論新社、ダイヤモンド社、日本経済新聞社、日経ＢＰ社、小学館、集英社、講談社、ＫＡＤＯＫＡＷＡ、新潮社には大変お世話になりました。また、佐藤愛子氏を担当した歴代の編集者の方々にこの場を借りてお礼申し上げます。

インタビュー協力　山田泰生
装丁題字・イラスト　林ユミ
帯写真　中西裕人

装丁デザイン　大前浩之（オオマエデザイン）
本文デザイン　尾本卓弥（リベラル社）
DTP　田端昌良（ゲラーデ舎）
校正　山下祥子
編集人　安永敏史（リベラル社）
編集　伊藤光恵（リベラル社）
営業　青木ちはる（リベラル社）
広報マネジメント　伊藤光恵（リベラル社）
制作・営業コーディネーター　仲野進（リベラル社）

編集部　中村彩・木田秀和・濱口桃花
営業部　津村卓・澤順二・津田滋春・廣田修・竹本健志・持丸孝

老いはヤケクソ

2025年1月23日　初版発行
2025年6月30日　9版発行

著　者　佐藤　愛子
発行者　隅田　直樹
発行所　株式会社 リベラル社
〒460-0008　名古屋市中区栄3-7-9　新鏡栄ビル8F
TEL 052-261-9101　FAX 052-261-9134
http://liberalsya.com
発　売　株式会社 星雲社（共同出版社・流通責任出版社）
〒112-0005　東京都文京区水道1-3-30
TEL 03-3868-3275
印刷・製本所　株式会社 光邦

ISBN 978-4-434-35199-0　C0095

547004

リベラル社の好評既刊

老い力　増補新装版

著者：佐藤 愛子

四六判／ 288 ページ／￥1,300 ＋税

愛子センセイの豪快エッセイ集！

今年 100 歳！　老い、夫婦、仕事、病気、死……重いテーマすら佐藤愛子の筆にかかれば「そんなものか」と思ってしまうほど。老いゆく覚悟を綴った佐藤愛子先生のエッセイ傑作選。読めば元気がもらえる一冊です。

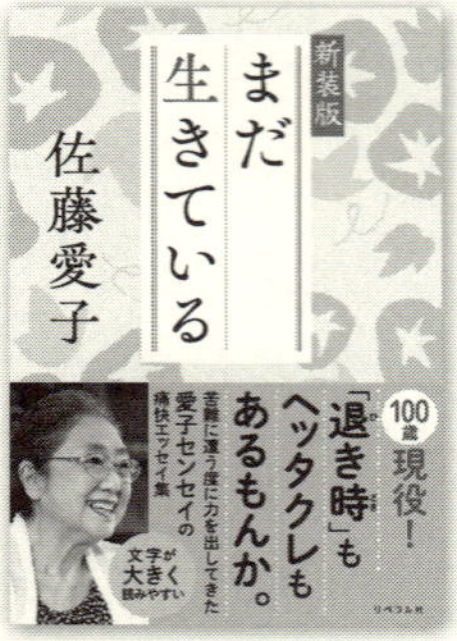

まだ生きている　新装版

著者：佐藤 愛子

四六判／ 312 ページ／￥1,300 ＋税

愛子センセイの愉快なエッセイ集！

韓流にときめくバアさんに喝！、勧誘電話をかけてきたエラソーな若造にブチ切れ、孫に負けじとアイドルの名を覚え、献体で潔い去り際を見せる友人にアッパレと感心する……。「老い」の日常を笑いながら豪快に生きる愛子センセイの姿に元気をもらえる一冊です。